Andre Hofmann
Kaskade -Träume in der Tiefe

Andre Hofmann

Kaskade

Träume in der Tiefe

Bibliografische Information der Deutschen Nationalbibliothek: Die Deutsche Nationalbibliothek verzeichnet diese Publikation in der Deutschen Nationalbibliografie; detaillierte bibliografische Daten sind im Internet über dnb.dnb.de abrufbar.

© 2023 Andre Hofmann
Cover: Morice Adam
Layout: Nikola Leinweber

Herstellung und Verlag:
BoD – Books on Demand, Norderstedt

ISBN: 978-3-7528-1333-3

Vorwort

Ich begrüße dich und freue mich, dass du dich entschieden hast, deine Zeit dazu zu verwenden, in meine Gedankenwelt einzutauchen. Doch bevor du den Sprung in meine kurzen Erzählungen wagst, möchte ich dich gerne anleiten. Ich bin mir bewusst, dass das Schwimmen in meinen Gedanken nicht so leicht vonstattengeht wie in den meisten Geschichten. Im Folgenden werde ich dir ein Meer voller Emotionen, Ideen und Metaphern präsentieren, und wenn du dich unvorbereitet in jene Wellen wirfst, werden sie dich gegebenenfalls verschlingen, und du wirst frustriert zur Seite legen, was eigentlich dazu gedacht war, große Freude zu bereiten.

Aus diesem Grund möchte ich dich gerne vorbereiten und warnen. Die meisten sagten mir, dass sie zumindest zweimal über die einzelnen Passagen meiner Geschichten lesen mussten, um die Bilder zu begreifen, die jene erzeugen wollen. Es ist zwar nicht meine Absicht, dass ich Dinge verkompliziere, aber in der Art und Weise, wie es mir Freude bereitet, scheint es unabdinglich, dass dieses Phänomen auftritt. Und dies ist auch ein wichtiger Hinweis. Ich habe meine Geschichten so verfasst, dass sie mir selbst Freude bereiten. Ich versuche sie nicht einem breiten Publikum zugänglich zu machen, denn dazu müsste ich meine Geschichten verallgemeinern, sodass sich auch möglichst viele darin wiederfinden. Ich versuche also nicht euch zu finden, sondern erwarte, dass ihr euch auf die Suche begebt. Meine Geschichten sind also nicht dazu gedacht, euch zu entspannen, sondern euren Geist anzuregen.

Des Weiteren müsste ich eine Sprache wählen, die

leicht zugänglich und einfach zu konsumieren ist, wenn ich ein möglichst großes Publikum erreichen wollen würde. So würde sich niemand davon abgeschreckt fühlen, wenn er nach einem anstrengenden Alltag einfach entspannen möchte. Dies geschieht in meinen Geschichten allerdings nicht. Meine Geschichten entspannen nicht. Sie fordern heraus. Wenn du also die Herausforderung liebst, dann solltest du nicht zögern und dich voller Vorfreude in das Meer meiner Metaphern werfen, und ich hoffe, dass du eine ebenso große Freude beim Lesen entwickeln wirst, wie ich sie hatte, als ich sie verfasste.

Denn die Gedanken hinter meiner Veröffentlichung sind simple. Mir selbst bereitet meine Literatur große Freude, und wenn ich auch nur eine andere Person finden sollte, die ebenso empfindet, so hätte sich der Umstand bereits gelohnt. In diesem Sinne hoffe ich, dass du eine solche Person bist und ich vielleicht eines Tages die Rückmeldung erhalten werde, dass ich jemandem eine schöne Zeit bereitet habe.

Vielleicht gebe ich am Ende auch noch einen letzten Hinweis: Versucht nicht mit dem Gedanken an meine Texte heranzugehen, unbedingt herausfinden zu wollen, welches meine Bilder sind, die ich hier beschreibe. Meine Metaphorik eröffnet die Möglichkeit verschiedener Interpretationen. Zuvor habe ich zwar beschrieben, dass meine Bilder sehr spezifisch sind, doch das gilt nur für mich. Unter jenen, mit denen ich meine Geschichten bereits geteilt habe, gab es einige, die ihre eigenen Gedanken in ihnen gefunden haben und es freut mich, wenn dies geschieht.

Für mich bedeutete dies einen großen Erfolg.

Denn durch diese Rückmeldungen bestätigt sich, dass ich erreicht habe, was ich mit meinen Geschichten ermöglichen wollte. Dies hat mit meinem Verständnis von Kunst zu tun. Ich habe nicht vor, euch meine Ideen und Erfahrungen aufzudrücken und sie euch als eine Wahrheit zu verkaufen. Stattdessen teile ich meine Emotionen und Bilder und hoffe, dass jemand diese in sich aufnimmt und für sich selbst beschreibt und weiterentwickelt. Denn jeder Einzelne von uns hat seine ganz eigenen Erfahrungen gesammelt, und die Welt präsentiert sich ihm auf eine ganz spezielle besondere eigene Art und Weise. Kunst soll so speziell sein, dass sie alles dies detailliert auffangen kann und gleichzeitig so offen sein, dass sie von verschiedenen Seiten betrachtet immer wieder neue Wahrheiten hervorbringen kann. Hoffentlich auch solche, die der Künstler selbst nicht einmal vermutet hätte.

Nun aber genug der einführenden Worte. Ich entlasse dich nun in den Sog meiner Gedanken und hoffe, dass du sie genießen wirst.

Tribut

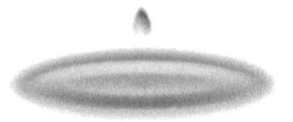

- II

Helles Sonnenlicht bricht durch das grüne Blätterdach meines Schlafplatzes. Es ist bemerkenswert, wie sehr sich das Grün von dem meiner Heimat unterscheidet. Es wirkt beinahe so, als imitierten die Bäume diejenigen, die behaupten, dass das Land, auf dem sie stehen, das ihre wäre. Es fehlt ihnen an Kraft und Sättigung. Aber um ehrlich zu sein, ist dies auch nicht verwunderlich, und ein Baum aus meiner Heimat würde an diesem Ort wohl lächerlich unpassend wirken. Es scheint einfach zu dem Wesen der Dinge zu gehören, dass, je weiter man sich vom Traum entfernt, je tiefer man in die Realität eindringt, desto weniger Substanz haben die Dinge um einen herum. Selbst das sanfte Säuseln des Windes, der durch das Blätterdach streicht, malt seine Melodie auf eine vollkommen verschiedene Art und Weise. Ich denke, ich werde noch einige Zeit brauchen, um diese fremde Melodie vollkommen zu verinnerlichen und zu verstehen, was sie mir mitteilen möchte. Denn genauso fremd wie diese Melodie ist mir auch die Wirklichkeit, in die ich nun getreten bin. Ich habe mich auf die Suche begeben. Ich bin hinausgetreten aus dem Traum meines Volkes, um meinen eigenen Träumen zu folgen. Es ist ein seltsames Gefühl, sich hinaus in die Realität zu begeben, um das zu finden, was mich tief aus meiner Seele ruft. Aber ich bin voller Zuversicht, dass sich mein Schicksal erfüllen wird, auch wenn ich noch nicht im Ansatz verstehe, wie sich dies letzten Endes gestalten wird.

Aber ich habe bereits die Verknüpfung gefunden, die mir eines Tages zeigen wird, welcher mein Weg sein wird. Ich muss lediglich gut auf ihn Acht geben, denn um ehrlich zu sein, erscheint es mir nicht, als könne mein Wegweiser seinen eigenen Weg sicher beschreiten. Sein Atem ist laut, die Stimme rau und die Schritte mehr als unbeholfen. In jeder Sekunde scheint er die Welt um sich herum zu provozieren, und ich glaube, dass ihm dies letzten Endes sogar Freude bereitet. Der Weg zu meinem Traum ist so verschieden zu mir und doch: Wenn ich auf ihn hinabblicke, erstrahlt mein Licht sanft wie der Mond und heller als die Sonne.

Mein Pfad wäre wahrscheinlich leichter zu beschreiben, müsste ich nicht auf das Wesen achten, das er zu beschützen geschworen hat. Ist sie als Wesen zweier Welten mir doch ähnlicher als dieser muskulöse Hüne mit dem tollpatschigen Schritt. Nicht, dass ihre Schritte eleganter wären, allerdings weckt allein ihr Aussehen ein seltsames Gefühl der Nähe. Auch wenn ich gestehen muss, dass sie durch unser gemeinsames Erbe auf der anderen Seite auch umso fremdartiger wirkt. Wenn ich sie ansehe, wirkt es zugleich vertraut als auch unglaublich fremd. Auf befremdliche Art und Weise ist dies anziehend und abschreckend zugleich. Des Weiteren zeugt jeder ihrer Schritte, jede Mimik und Gestik und sogar das Atmen davon, dass sie in einer mir fremden Welt aufgewachsen ist. Um ehrlich zu sein, bin ich bereits neugierig, mehr über sie zu erfahren, und glücklicherweise scheinen wir vorerst auf eine ungewöhnliche Art und Weise miteinander verbunden zu sein.

Ich denke, so langsam wird es Zeit, mein Nachtlager zu beenden und herunter zu meinen neuen Begleitern zu steigen. Ich verstehe ehrlich gesagt immer noch nicht, weshalb sie darauf bestanden haben, auf dem Waldboden zu schlafen. Hätten sie sich wenigstens eine gemütliche Stelle ausgesucht, so hätte ich verstanden, dass sie unter Umständen die sicheren Wipfel der Bäume meiden. Aber sie haben sich unvorteilhaft und schutzlos auf dem Waldboden ausgebreitet und, soweit ich es beurteilen kann, auch nicht besonders geruhsam genächtigt. Ich denke, es wird mich einige Mühe kosten, in Zukunft auf denjenigen zu achten, der meinem Traum zur Erfüllung verhelfen wird. Trotzdem bin ich guter Dinge, denn ich spüre mit jeder Faser meines Seins, dass ich hier an der richtigen Stelle bin.

Ich bin noch jung und kann mich glücklich schätzen, dass ich bereits jetzt meinen Pfad gefunden und begonnen habe, ihn zu beschreiten. Die meisten meines Volkes warten Jahrhunderte, bis sie auch nur eine Idee davon erlangen, welches Schicksal sie ins Licht führen könnte, und ich bin meinem Ziel bereits zum Greifen nahe.

-|

Ein weiteres Mal erwache ich mit einem Schrei inmitten der tiefen schwarzen Nacht. Ich frage mich, ob es mir jemals möglich sein wird, die Ereignisse der letzten Jahre hinter mir zu lassen. Ich kann immer noch nicht recht begreifen, wie ein solcher Ort überhaupt existieren kann. Alles dort war alptraumhaft und grässlich verzerrt. Mir ist es bis heute ein Rätsel, wie wir es geschafft haben, dort mehrere Jahre lang zu überleben. Zumal ich es war, der für das Überleben in der uns unbekannten Wildnis zu sorgen hatte. Auch wenn das Wort Wildnis aus meiner Perspektive mehr als unpassend erscheint, denn in dem, was allgemein als Wildnis bezeichnet wird, fühlte ich mich in der Vergangenheit zu Hause. Doch dies war ein Ort, der nicht weiter von dem entfernt sein könnte als das, was ich als meine Herkunft bezeichne.

Ich kann es mir wirklich nicht erklären, wie ich diese Zeit überstanden habe. Es ist, als hätte eine sanfte Schutzhaube meinen Verstand bedeckt und mich vor dem abgeschirmt, was um mich herum geschah. So konnte ich den Ort akzeptieren, an dem wir uns befanden, konnte das verseuchte Wasser und die dämonischen Früchte verschlingen, die mir Nährstoffe lieferten und mich irgendwie am Leben hielten. Aber nun, da ich von diesem Ort entkommen bin, hat die Schutzhaube sich gelöst, und alles Leid, das ich dort erfahren und nicht verstanden habe, bricht gebündelt in meinen Verstand. Die nachtschwarzen Klauen der Tiefe bohren sich unerbittlich in mein Herz, und ich weiß nicht, wie lange ich mein Licht noch vor ihnen schützen kann.

Um ganz ehrlich zu sein, habe ich mein Licht bereits so tief in meinem Inneren verborgen, dass ich nicht einmal mehr weiß, ob es nicht vielleicht schon gänzlich verschlungen wurde, bevor ich an diesen verdammten Ort kam. Denn wenn ich zurückdenke, begann der Alptraum bereits früher. Er begann auf dem Weg zu unserem Gefängnis der letzten Jahre. Er begann auf diesem verfluchten Schiff. Er begann in seliger Unwissenheit.

Es ist unbegreiflich, wie wir es nicht schon viel früher bemerken konnten, denn um es genau zu nehmen, beschreibt das Wort Alptraum nicht einmal im Entferntesten, in welche Grausamkeit wir dort geraten waren. Die Kälte, der nie endende Fluch der Grausamkeit, der Sog aus nachtschwarzer Tiefe, dies alles blieb uns verborgen. Die Dissonanz, die durch dieses Schiff durch das Netz der Welt schnitt, war so gigantisch, dass ich schon beim ersten Klang hätte dem Wahnsinn verfallen können. Doch meine Ohren waren wie taub. Meine Augen waren blind, und den Geruch des Todes, den modrigen Gestank vom Grund des Meeres vermochte ich nicht wahrzunehmen.

Ich werde lieber abbrechen und nicht weiter von den Schrecknissen berichten, die uns dort widerfahren sind. Dieser Ort, an dem ich mich nun befinde, ist ein Ort des Vergessens. Vielleicht sollte ich einfach begraben und hinter mir lassen, was damals geschehen ist. Vielleicht verblassen die Erinnerungen, wenn ich sie nur tief genug verberge. Vielleicht werde ich wiederfinden, wer ich einmal war, wenn nur genug Staub und Schmutz zwischen mir und den Ereignissen von damals liegen.

Wem mache ich eigentlich etwas vor? Jemand wie ich kann einen solchen Ort nicht besuchen, ohne dauerhafte Schäden davonzutragen. Ich glaube nicht, dass ich jemals wieder so werden kann wie früher. Es hat sich etwas Grundlegendes geändert. Um an diesem Ort überleben zu können, mussten sich meine Prioritäten verschieben. Es erscheint mir, als ergäben die Konzepte, mit denen ich konfrontiert wurde, seitdem ich meine Heimat verlassen und meine Gefährten getroffen habe, auf einmal auf irgendeine fremde Art und Weise Sinn. Ich verstehe nun, weshalb meine Gefährten bestimmte Dinge nicht verlieren oder zuordnen wollten. Ich selbst habe beschlossen, dass es etwas gibt, das ich nicht verlieren möchte. Ich werde mich weiterentwickeln müssen, um gewährleisten zu können, dass denjenigen, die ich liebe, nichts geschehen wird. Nur gemeinsam konnten wir diese Niederhölle überstehen, und nur gemeinsam werde ich unser weiteres Leben gestalten können. Es scheint, als wären diejenigen, die mich gelehrt haben, was Besitz bedeutet, auch diejenigen, die ich nun nicht verlieren möchte.

Ich spüre bereits, wie jene Kraft, die mich bereits mein ganzes Leben begleitet, zu schwinden beginnt, wenn ich nur über diese Dinge nachdenke. Sowohl meine Augen als auch meine Haare verlieren ihren natürlichen Glanz, und Dinge, die mir bislang wie selbstverständlich erschienen, fallen mir plötzlich zur Last, aber es scheint keinen anderen Weg zu geben. Ich habe mich entschieden und werde dem Pfad der Gier folgen, auch wenn er in mein Verderben führen wird.

Meine Entscheidung zu beschreiben, fällt mir schwer. Es ist eine Entscheidung gegen mich und für meine Gefährten. Nein, das wäre falsch ausgedrückt. Es ist vielmehr eine Entscheidung gegen mein altes Ich und für das, was nun aus mir geworden ist. Oder das, wofür ich mich entscheide zu werden? Diese Welt ist es, in die ich ausgezogen bin, und in dieser Welt habe ich etwas gefunden, das ich beschützen werde. Es ist schon seltsam, wie mich nun ein Gefühl treibt und bestimmt, das ich zuvor nicht einmal verstanden hatte. Ich begebe mich in die Welt der Lichtlosen und werde zu einem der ihren. Auch ich werde fortan aufhören, von mir aus zu strahlen. Ich werde mir etwas anderes überlegen müssen, wie ich in der Dunkelheit meinen Weg finden werde. Wenn ich so darüber nachdenke, muss es ziemlich schwierig für meine Gefährten und die ihrigen sein, sich überhaupt zurechtzufinden und einen wie auch immer gearteten Weg zu beschreiten. Kein Wunder, richten sie seit jeher ihren Fokus auf unbedeutende Dinge, wenn sie kaum ihre eigene Hand vor Augen sehen können, muss alles, was sie entdecken, von unfassbarem Wert für sie erscheinen. Ich bin schon sehr gespannt, wie es weitergehen wird, nun, da ich mich gegen den Traum, aus dem ich entstamme, und für die Welt, in die ich mir meinen Weg gebahnt habe, entschieden habe.

I

Ob ich mich noch an die Zeit erinnere, bevor ich ausgezogen war? Das ist eine gute Frage. Um ehrlich zu sein, ist es zugleich ein „Ja" und ein „Nein". Natürlich weiß ich noch, was damals war. Ich kenne meinen Ursprung, meine Sippe und die Umgebung. Um ehrlich zu sein, habe ich wahrscheinlich sogar eine innigere Beziehung zu den Pflanzen, Steinen und Gewässern als zu den Mitgliedern meiner Sippe. In der Vergangenheit war dies vielleicht auch einmal anders. Vielleicht aber auch nicht. Das ist für mich ehrlich gesagt schwierig zu beantworten. Wäre ich ein Poet, so würde ich wohl sagen, dass dieses Wissen dort begraben liegt. Aber ich glaube, diese Beschreibung wäre grundsätzlich falsch. Eher glaube ich, dass das Wissen darum dort noch existiert und auch noch in vielen darauffolgenden Generationen existieren wird. Das Wissen bei mir ist allerdings - um es sehr simpel auszudrücken - erloschen.

Ihr könnt mich doch nicht ehrlich fragen, was ich damit ausdrücken möchte! Ihr habt mich doch damals gesehen, als ich frisch in diese eure Welt gekommen bin. Ich war ein strahlendes Beispiel dafür, was es bedeutet, in den behüteten Wäldern aufgewachsen zu sein und niemals etwas von dieser verwirrenden Welt gesehen zu haben. Einige von euch haben mir zu erklären versucht, wie diese Welt funktioniert, und ich habe euch eines Besseren belehrt. Das Traurige an der Sache ist, dass ich es aufgegeben habe, es besser zu wissen, und heute beinahe so unwissend bin wie ihr. Ich habe aufgegeben, euch bezüglich eurer Konzepte von Besitz und Liebe zu korrigieren. Ich habe aufgegeben, zu versuchen zu verstehen, was es ist, an das eure Anführer glauben und woraus sie ihre Kraft ziehen. Ich habe einfach eure Konzepte adaptiert und nutze alles, wie ich es für praktisch erachte.

Heute strahle ich nicht mehr?! Ihr könnt es doch sehen. Also wieso fragt ihr danach? Ja, der Glanz meiner Haare ist erloschen, ja, meine Augen strahlen nicht mehr. Wieso? Ich habe es euch doch gesagt. Was ich früher war, ist erloschen. Naja, vielleicht ist es noch nicht ganz weg. Ein kleines bisschen Licht scheint in meinem Inneren noch zu funkeln, ansonsten wäre ich wahrscheinlich schon zu einem jener Wesen der Dunkelheit geworden, die ich bekämpfe.

Warum ich es aufgegeben habe? Ich würde sogar behaupten, dass dies eine Frage ist, nach deren Antwort zu suchen sich lohnt. Aber auch ich verstehe es nicht in seiner Gänze. Ich habe mit den Höchsten der euren gesprochen, und sie haben die Reste meines Lichts flackern sehen und es für eine reine Quelle der Kraft gehalten, die sich unbeugsam der Dunkelheit entgegenstellen wird. Sie hielten es für einen Ort der Unschuld und der Klarheit. Aber wenn ich mich, meine Vergangenheit und meine Zukunft betrachte, so könnten sie damit nicht falscher liegen. Vielleicht wenn man wirklich weit in der Vergangenheit sucht. Aber damit wären wir wieder am Anfang angelangt, und dort habe ich euch bereits gesagt. Es ist ein „Ja" und ein „Nein".

Ich habe aber nicht nur mit den höchsten der euren gesprochen, sondern auch mit den Wesen, die von euren Erhabenen verehrt werden. Diese Wesen zeigten mir die Auswege aus meiner Situation. Tatsächlich hatte ich das Gefühl, dass ich jeden Weg hätte einschlagen können, um gerettet zu werden. Nur einer würde mich in den Abgrund führen. Doch zu jenem Zeitpunkt hatte ich bereits eine Entscheidung getroffen. Ich hatte mich gegen mich selbst und gegen die Welt entschieden. Denn dies waren die Dinge, die früher einmal mein Sein bestimmt hatten. Heute galt mein Handeln wesentlich kleineren, zerbrechlicheren Wesen. Jenen Begleitern, die mich beschützt hatten und die ich unzählige Male gerettet hatte, als sie auf ihre tapsige Art und Weise durch die Welt stolperten. Diese beiden hatten sich dem Kampf gegen die Dunkelheit verschrieben. Und nur aus diesem Grund musste auch ich den Kampf aufnehmen und durfte nicht eher ruhen, bis alles ausgelöscht sein würde, was die Existenz meiner Freunde bedrohte.

Ob ich mir damit nicht zu viel aufgebürdet habe? Wahrscheinlich würde jeder diese Frage mit einem „Ja" beantworten. Jene von euch, die ihr als die Größten und Mächtigsten anseht, haben zu mir gesprochen, mich gewarnt und mir gesagt, ich würde scheitern. Bislang hat mein Speer allerdings jedes Hindernis durchbohrt, das sie mir als unüberwindbar beschrieben haben. Ich glaube, dies war auch der Grund, weshalb sich jener Purpuräugige in Menschengestalt zu mir begab, um mit mir zu sprechen. Er wollte erfahren, worin mein Plan bestand, und wollte wissen, ob ich mir der Sinnlosigkeit meines Handelns im Klaren sei. Ich glaube, er war von der Einfachheit meiner Gedanken überrascht. Er erkannte, dass ich kein stumpfer Idiot war, ich mir allerdings Ziele setzte, die nur von einem solchen stammen konnten.

Ihr wollt mehr über den Purpuräugigen erfahren? Ich weiß doch selbst nichts über ihn. Ich bin froh, dass er mich nicht als einen Feind erachtete. Auch wenn ich nicht glaube, dass er mächtiger war als andere Wesen, die später unsere Hilfe bitter benötigten. Um ehrlich zu sein, verstehe ich nicht einmal, wie es sein konnte, dass diese Wesen so sehr ihrer eigenen Arroganz verfallen waren, dass sie die Hilfe von solchen wie uns überhaupt nötig hatten. Natürlich haben sie niemals danach gefragt, und natürlich mussten wir sie dazu zwingen.

Wie wir das gemacht haben? Das lag nun wirklich vollkommen außerhalb meiner Macht. Ich war die Brechstange und die Mauer, die diejenige von uns beschützte, die im Verborgenen selbst die Götter hätte zu Fall bringen können. Es ist gut, dass ihr es genauso wenig glauben könnt wie unsere Feinde und sogar sie selbst. Aber dieses kleine Wesen zweier Welten ist unser größter Trumpf. Unsere Feinde fürchten meinen Speer, der durch das Blut unzähliger der ihren getränkt wurde. Sie fürchten meine Lautlosigkeit und meine Unsichtbarkeit. Unsere Feinde fürchten den Hammer des Berserkers, der unaufhaltsam wie ein Orkan durch ihre Reihen fegt. Sie fürchten jenen Krieger, den ich ebenfalls zu beschützen versuche, aber von dem ich mir nicht sicher bin, ob er nicht, ebenso wie ich und doch vollkommen anders, bereits verloren ist.

Wie es weitergeht, wie lange es noch dauern und wie es enden wird? Ihr glaubt wohl wirklich, dass ich über mehr Bescheid wüsste als den nächsten Schritt. Wir werden sie aufhalten. Ich werde uns tief in das

Herz der Dunkelheit führen, und dort werden wir sie Stück für Stück beseitigen. Wir werden ihren großen Plan vereiteln und ihre Göttin selbst zu Fall bringen, sodass ihre Dunkelheit für immer aus dieser Welt getilgt sein wird.

Ob ich keine Angst davor hätte, dass die Dunkelheit erneut von mir Besitz ergreifen und mich dieses Mal endgültig verschlingen wird? Ich sagte doch bereits, mein Licht ist quasi erloschen. Den Teil von mir, den die Dunkelheit kontrollieren könnte, habe ich bereits eigenhändig getilgt. Ich habe ihn herausgerissen und mich selbst auf eine Art und Weise verstümmelt, wie es niemand von euch jemals begreifen können wird. Dieses Mal werde ich es sein, der die Wesen der Nacht erbarmungslos verfolgen und ermorden wird.

Ich dachte mir schon, dass ihr nach jener Entdeckung fragen werdet, die den meinigen in ihrer Blüte verbogen blieb. Ihr möchtet also wissen, was ich in jener Kammer verborgen in den tiefsten Tiefen der höchsten Berge gefunden habe? Es war die simple Wahrheit, die uns bereits am Ende der Welt offenbart wurde. Dieses Mal nur unverschlüsselt, vollständig und direkt. Es brannte sich direkt in unser Verständnis ein, wie das Feuer desjenigen, der für dieses ganze verdammte Chaos und die Unordnung verantwortlich war.

Doch nun werde ich mich für heute zur Ruhe begeben. Morgen wird unser Weg beginnen. Der Weg in die Welt unserer Feinde führt durch die endlosen Sande. Ich kann mich noch vage daran erinnern, welchen Respekt wir damals vor dem Meer aus Hitze und Staub verspürten. Es ist schon erstaunlich, wie winzig einem das Hindernis, das man einmal bereits überwunden hat, beim zweiten Mal erscheint.

II

Wie bin ich nur hierher gelangt? Noch vor wenigen Monden hätte ich nicht gedacht, dass ich an diesem Ort stehen würde. Um ehrlich zu sein, hatte ich nicht einmal gewusst, dass dieser Ort überhaupt existiert. Nach allem, was ich in Erfahrung gebracht hatte, hatte ich dunkel etwas in der Art vermutet, aber bestimmt nicht in dem Ausmaß, wie er sich mir offenbarte. Ich dachte an eine wie auch immer geartete Stadt, eine Metropole, bewohnt von den Unaussprechlichen. Vielleicht wäre es aber auch eine Ruine dieser vor Urzeiten untergegangenen Zivilisation, die von den Dienern der Dunkelheit genutzt würde, um Unbemerkt im ewig Verborgenen ihre Ziele zu erreichen. Aber was ich erwartet hatte, war tatsächlich nur ein kleines Sandkorn in der Wüste dessen, was sich in Wirklichkeit fernab der mir bekannten Welt abspielte. Und ja, mir ist bewusst, wie unfassbar passend und einfallslos zugleich diese Metapher gewählt ist.

Ich selbst komme mir inzwischen mehr wie ein Verschollener als ein Gestrandeter vor. Ich versuche mich immer noch verzweifelt in diesem Urwald zurechtzufinden, der sich auf irgendeine absurde Art und Weise aus dem Chaos erhebt. Aber es war mir noch nie so schwer gefallen, mich auf die Melodie meiner Umgebung einzustimmen. Dies verwundert mich allerdings auch kaum. Ich habe noch nie einen Ort gesehen, der widernatürlicher war, als das, was sich hier um mich herum abspielt, und die Melodie, die ich hier vernehme, ist vielmehr eine Symbiose aus einem wilden verzerrten Schrei und dem dissonanten Trommeln der

Unwirklichkeit.

Um ehrlich zu sein, ist es bislang auch mehr ein vorsichtiges Umhertapsen als ein wirklich gezieltes Vorgehen, das mich auszeichnet, seitdem ich diese fremde Welt betreten habe. Meine Zielstrebigkeit ist dem Umstand gewichen, dass ich das Ziel aus den Augen verloren habe. Versteht mich nicht falsch, ich weiß immer noch, was am Ende passieren wird. Aber nun haben sich neue Hindernisse aufgetan, und bislang kann ich noch nicht erkennen, wie viele es sein werden, wie ich sie überwinden werde und wann ich endlich dazu kommen werde, dieser ganzen Sache ein Ende zu bereiten. Zunächst gilt es, diese Welt zu erkunden, zu planen, Stück für Stück voranzukommen und zu verstehen.

Es ist seltsam, dass ich über all dies nachdenken kann, während um mich herum die Unaussprechlichen toben. Mein Gefährte und ich haben ihre Champions herausgefordert. In den Geschichten heißt es, sie seien Wesen unbegreiflicher Stärker, die einst außerhalb dieses Exils die wahre Welt beherrschten. Wäre ich ihnen vor Jahren begegnet, hätte ich dem wohl zugestimmt. Sie sind riesig, und sowohl ihre mentale als auch ihre körperliche Kraft scheint mit nichts vergleichbar, was einem Normalsterblichen in seinem Leben begegnet. Aber den Pfad der Normalität habe ich bereits vor langer Zeit verlassen.

Vielleicht sollte ich mir darüber Sorgen machen, dass mich auch im Angesicht dieser Monster nicht der Mut verlässt. Nein, vielleicht war dies der falsche Ausdruck. Ich sollte mir Sorgen darüber machen, dass ich sie nicht einmal mehr als ernst zu nehmende Gegner wahrnehme. Mir ist bewusst, dass ich ihnen überlegen bin. Ich bin so unfassbar arrogant, und das, obwohl ich genau weiß, dass ich unzählige meiner Gegner lediglich aufgrund ihrer Arroganz zu stürzen vermochte.

Ich schaue zur Seite und sehe meinen Gefährten. In seinem Blick erkenne ich vollkommen andere Gedanken als die meinen. Ich frage mich, ob auch ihm bewusst ist, dass wir siegreich hervorgehen werden. Manchmal glaube ich, dass ihm dies alles gleichgültig geworden ist. Ich frage mich, ob er bereits mit seinem Leben abgeschlossen hat und nur noch den richtigen Moment sucht, um zu sterben. Ich begleitete ihn den Großteil seines blutdurchtränkten Weges und erfuhr genug über jene Entitäten, die ihm Kraft verleihen, um zumindest im Ansatz den Wahnsinn in seinen Augen zu begreifen.

Auf der anderen Seite weiß ich auch, dass er nicht erst einmal gegen jene aufbegehrt hat, die er zugleich verehrt und fürchtet. Es ist schon absurd. Die Entitäten verleihen ihm Kraft, sodass er in ihrem Willen handelt, aber jede Zuwiderhandlung scheint ihn wichtiger zu machen im Spiel jener Mächte, die wir niemals begreifen werden.

Ich rechne ihm hoch an, dass er seine Prioritäten oftmals zu unseren Gunsten organisierte. Ich kann mir gut vorstellen, dass es nicht leicht ist, als Ausgewählter zu gelten. Die Erwartungen aller ragen in schwindelerregende Höhe, und von der Spitze aus die Details nicht aus den Augen zu verlieren, erscheint mir gar als unmöglich. Es ist also kein Wunder, dass wir so oft aneinandergeraten sind. Es ist schon seltsam. Einst war er das Licht, dass ich schützte und durch die Welt geleitete, sodass er sein Schicksal finden könne. Aber ich habe beschlossen, dem Licht nicht mehr zu folgen, und er hat sich entschieden, sein Schicksal zu ändern. Wir waren uns wohl niemals näher als in diesem Augenblick. Aber trotz aller Veränderungen, die wir durchleben mussten, hat sich eine Sache niemals geändert. Er ist der strahlende, blutüberströmte Held dieser Geschichte, der sich in seinem Wahnsinn durch die Reihen der Gegner metzelt, während ich lediglich an seiner Seite stehe und dafür sorge, dass die Details, die er unachtsam ignoriert, ihn nicht eines Tages das Leben kosten werden.

Und doch, trotz aller Macht, die er ausströmt und die mir meine Nackenhaare zu Berge stehen lässt, scheinen die Unaussprechlichen nicht zu ahnen, welches Schicksal ihren Champions bevorsteht. Sowohl sie als auch die Feinde, die sich in der Dunkelheit bewegen, übersehen in ihrer maßlosen Arroganz unsere Stärke. Es ist eine Tatsache, dass wir oftmals an kleinen Dingen scheitern, dass wir teilweise orientierungslos durch die Welt irren und aufgrund von Uneinigkeit unser eigenes Voranschreiten behindern. Allerdings ist es diese Uneinigkeit, die Diversität und Kreativität hervorbringt.

Meinen Gefährten neben mir zu wissen, ist erschreckend und beruhigend zugleich. Ich denke, es ist leicht einzusehen, dass es beruhigt, den stärksten Kämpfer in einem Kampf an seiner Seite zu wissen. Doch der Grund, warum es mir zugleich Sorgen bereitet, ist vielleicht weniger leicht einzusehen. Ob ich mich davor fürchte, dass er im Rausch des Blutes die Besinnung verlieren könnte und auch ich als ein würdiges Ziel auserkoren werden könnte? Ich glaube tatsächlich, dass dies kein allzu abwegiges Szenario wäre. Allerdings habe ich den Blick für die Details noch nicht verloren und kenne meinen Gefährten nur zu gut. Dem Schlag eines wütigen Berserkers zu entgehen, ist unproblematisch. Es ist umso einfacher, wenn man ihn gut kennt.

Also was ist es, das mir eine solche Furcht einjagt? Es ist unsere Zukunft, die sich nur allzu deutlich vor meinen Augen abzeichnet. Wir haben uns selbst schon vor langer Zeit verloren und leben lediglich noch für unsere Aufgabe. Einst war ich ein Kind der Wälder, das mit den Blättern sprach. Doch heute ist davon nicht mehr viel in mir zu finden. Ich war einst ein scheues Tier, das sich im Blätterdach verbarg und sowohl neugierig als auch ungesehen jene beobachtete, die das Schicksal dieser Welt verändern werden. Heute bin ich ein Krieger, der sich im Sand der Arena mit den schrecklisten Bestien misst. Ich bin der Krieger, der zur Aufgabe hat, seine Feinde niederzumähen, seine Gefährten zum Ziel zu führen und einst alle Dunkelheit zu vernichten. Meine Zukunft liegt also nur allzu deutlich vor mir. Sobald ich meine Aufgabe erfüllt habe, werde ich vergehen. Denn es gibt kein anderes „Ich", zu dem ich zurückkehren könnte. Aus dem Leben in Harmonie ist eine Maschine des Todes geworden. Manche Entwicklungen sind leider irreversibel. Und ich befürchte, dass mein Gefährte bereits eine vollkommen andere Antwort mit identischem Resultat erhalten hat. Ich wünschte, ich könnte ihm sein Schicksal ersparen. Aber er ist der Auserwählte, und wir sind lediglich Nebenfiguren im Spiel der Mächtigen.

Dunkle Melancholie

Erinnerung und Sehnsucht

Damals war mein Leben Licht. Ich war ein junger Mann und beschritt den Pfad der Erkenntnis, unwissend, was an seinem Ende auf mich lauern sollte. Ich erfreute mich an meinen Studientagen. Jeder Morgen begann mit einem Lächeln. Das Lächeln war auf mein Gesicht gezeichnet, aber nicht aufgrund der Neugier und des Tatendrangs, den ich unbändig in meinem Inneren verspürte. Es war dort infolge der Gesellschaft, die ich zumindest während meiner täglichen Studien genießen durfte. Die blonde Fee, deren Leichtigkeit und Lebensfreude mich jeden Tag faszinierte und motivierte. Ihr heller Geist, der mich herausforderte und es mir ermöglichte, aus meinen üblichen Gedankenmustern auszubrechen, gab mir die Fähigkeit und Motivation, immer neue Ebenen der Erkenntnis zu erreichen und mich fortwährend weiterzuentwickeln.

Von Zeit zu Zeit frage ich mich, ob es ein Fehler war, ihr zu verfallen. Vielleicht waren es die Erkenntnisse, die ich tags auf dem Pfad des Lichts erringen konnte, welche mich in der Stille der Nacht in immer tiefere Abgründe der Finsternis führten. Aber was hätte ich tun sollen? Ich war den himmelblauen Augen verfallen, in denen ich mich jeden Tag aufs Neue verlor, und tanzte gemeinsam mit dem zarten Wesen auf jenem Weg, der uns beide weiter führen sollte, als jemals ein Mensch zuvor gekommen war. Mein Leben bestand aus Lust und Verlangen. In reiner Ekstase reiste ich begeistert berauscht den Himmel hinauf und den tiefen Abgrund hinab. Ich befand mich in einer Zeit der verzückenden Gegensätze, die mich

Dilemmata vergessen oder durchbrechen ließ. Um es schlicht, einfach und mit wenigen Worten auszudrücken: Ich war glücklich. Es war die glücklichste Zeit meiner gesamten bisherigen Existenz.

Ich habe kurz überlegt, ob ich statt des Wortes Existenz hätte Leben benutzen sollen. Denn damals hätte es noch der Realität entsprochen. Ich hätte also ebenso sagen können: Es war die glücklichste Zeit meines gesamten Lebens. Beide Sätze drücken unterschiedliche Umstände aus und werfen ein unterschiedliches Licht auf mich, aber sie sind beide in ihren verschiedenen Bedeutungen dennoch wahr.

Es ist eine unendliche Wohltat und ein kaum zu ertragender Schmerz zugleich, wenn ich an meine ewige vergangene Liebe zurückdenke. Ihre blauen Augen, ihre blonden Haare, ihr zartes Wesen, ihr bezauberndes Lächeln, ihr scharfer Verstand … Sie war schon immer eine Gestalt des Lichts gewesen. Sie war anders als ich, und eben das faszinierte mich an ihr. Ihr Gang war kraftvoll, federleicht und von einer Einfachheit, die ich niemals erreichen würde. Sie konnte tiefer in das Licht blicken, als ich es jemals begreifen würde, und dies, obwohl ich mir sicher bin, dass ich verstanden habe, wie das Wesen dieser Welt, in der wir beide damals lebten, strukturiert ist.

Man hätte fast denken können, dass sie aus dem Licht geboren wäre, so hell, wie sie vor mir erstrahlte. Wahrscheinlich würden Menschen, die meine heutige Existenz erblicken, das Gleiche in umgekehrter Weise über mich behaupten. Aber weder war ihr Ursprung das Licht, noch war mein Ursprung die Dunkelheit. Wir beide waren schlichte Kinder dieser Welt. Nicht gut und nicht schlecht. Wir traten weiß wie ein unbeschriebenes Blatt in unser Leben. Es waren einzig und allein unsere Entscheidungen, die uns veränderten, uns voranbrachten, uns Erkenntnisse lieferten und uns die Ziele fassen ließen, die wir heute nicht mehr loszulassen imstande sind.

Ich denke an diese Zeit zurück, und während ich mich abseits der Zivilisation in dieser unentdeckten Wildnis verberge, zeichnet es erneut ein Lächeln in mein Gesicht. Weder könnte, noch wollte ich sie jemals vergessen. Sie war und ist mein Leben und mein Licht. Auch wenn ich heute beides nicht mehr zu finden in der Lage bin. Tränen gefüllt mit Freude, Sehnsucht, Trauer und Verzweiflung rinnen aus meinen Augen und tropfen von meinen Wangen, während ich im frischen Gras den Wind genieße, der eine sanfte Brise der endlosen scheinenden Weiten des Meeres heranweht. Doch an jenen Stellen, an denen meine Tränen das Gras berühren, bringen sie das Leben zum Vergehen, und ich werde unweigerlich daran erinnert, weshalb meine ewige Existenz zur Einsamkeit verdammt ist.

Doch was ist das? Ich vermeine, ein altbekanntes Lied im Säuseln des Windes zu vernehmen. Aber dies kann und sollte nicht sein. Der Klang hat dieselbe Kraft und erstrahlt im selben Licht, das mich zu Lebzeiten in stetigem Rausch gefangen hielt. Ich weiß nicht, wie dies geschehen konnte, doch es scheint, als würde meine Einsamkeit unterbrochen werden. Ich frage mich, warum sie diesen Ort aufsuchen, an dem ich mich begab, um mich von der Welt zu isolieren. Die Kinder des Lichts suchen nicht nach einem Wesen der Dunkelheit, wie ich es bin.

Ich bin ein Idiot. Während ich denke, ich hätte die Gipfel der Erkenntnis erreicht und würde alles erkennen und verstehen, so habe ich nicht einmal auf mich geachtet. Ich bin es, der diesen Ort auswählte, und ich wählte ihn nicht aus dem Grund, den ich vermutet hatte. Dieser Ort der Einsamkeit ist die Insel des Lichts. Der Ort, an dem du, meine Liebe, begraben liegst. Es ist also kein Wunder, dass mich diese Gedanken aus längst vergangenen Tagen wieder besuchen. Ich muss zugeben, es war ein süßer Schmerz, der mich endlich wieder einmal fühlen ließ, dass ich noch nicht vergangen, sondern stetig ewig sein werde. Zumindest solange niemand einen Weg finden sollte, dies zu beenden.

Es scheint also, als müsste ich eine Entscheidung treffen. War die Welt bereits an jenem Punkt angelangt, der ihr Schicksal endgültig bestimmen würde? War es ein Zeichen, dass ich an diesen Ort zur gleichen Zeit wie die Erben des Lichts zurückkehre? Oder sollte ich mich erneut verbergen und in jenen Schlaf verfallen, der sowohl mich als auch diese Welt das letzte Jahrtausend behütet hatte?

Die Ankunft

Nun sind sie hier. Deine wunderbaren Erben. Ich kann sie hören. Der Klang freudiger Stimmen, die die Welt und das Leben preisen, hallt in meinen Ohren. Ich kann sie riechen. Sie tragen deinen Duft. Ich kann sie fühlen, ihr Licht kitzelt auf die gleiche Art und Weise auf meiner Haut, wie es deines damals tat. Ich kann sie sehen. Sie sind bunter und farbenfroher, als ich sie mir vorgestellt hatte. Du hast wirklich wunderbare Erben. Deine jungen kleinen Feen werden diese Insel erkunden, und es scheint, entschieden zu sein. Ich werde mich meinem Schicksal stellen. Nein, ich muss mich meinem Schicksal stellen. In so kurzer Zeit wurde mir bereits ein zweites Mal die Entscheidung genommen. Ich habe dein Grabmal entdeckt und konnte mich einfach nicht von ihm lösen. Ich war wohl länger in dieser Ohnmacht gefangen, den dieser nostalgische Anblick verursachte, als ich abgeschätzt hatte. Es war schön, diesen Ort nach dieser langen Zeit wieder einmal zu besuchen. Überhaupt ist dies ein wunderbarer Ort. Es ist dein Licht, das diese Insel zum Blühen bringt, und selbst die schwarzen Flecken, die meine Präsenz verursacht, vermagst du schließlich auszuleuchten, sodass nicht einmal ich, als abscheulicher Fremdkörper, die Harmonie deiner letzten Ruhestätte störe.

Endlich kann ich mich von deinem Grabmal lösen. Ich spüre dich noch immer an diesem Ort. Er verursacht das Gefühl, als würdest du neben mir sitzen und meine Hand halten. Allerdings hat sich dein Blick verändert. Die Liebe ist nicht aus ihm gewichen, und das finde ich wunderbar und erschreckend zugleich. Natürlich finde ich es beruhigend und euphorisierend, dass unser Band nicht einmal durch jenes zerstört werden konnte, zu dem ich geworden bin. Allerdings hatte ich gehofft, dass du nicht in Liebe auf mich hinabblicken müsstest. Denn dies ist wohl das Grausamste, was man dir überhaupt antun könnte. Du empfindest Liebe für eine Existenz wie die meine. Und denke nicht, dass ich nicht auch die Trauer in deinem Blick sehen könnte. Diese tiefe, reine, klare Traurigkeit, die deine himmelblauen Augen durchströmt und wie ein Sturm für einen kurzen Moment durch mein schwarzes Herz fährt, um auch dort alle Dunkelheit zu vertreiben. Aber es reicht eben nur für einen Moment. Wir können nicht dorthin zurück, wo wir einst waren. Unsere Herzen sind verbunden, aber unsere Existenz ist getrennt.

Es ist Zeit, mich von diesem Ort zu verabschieden. Ich weiß nicht, wie lange er noch existieren wird, denn ich habe keine Ahnung, was geschehen wird, wenn ich meinem Schicksal schließlich entgegentrete. Aber vorerst werde ich die Erben des Lichts genauer in Augenschein nehmen. Ihre positive Energie und ihr Tatendrang sind bereits auf der gesamten Insel zu spüren. Noch scheinen sie nichts von meiner Anwesenheit zu ahnen. Dies verwundert mich ein wenig, denn ich kann eine große Weisheit und Weitsicht bei ihrem Vater erkennen. Er wird seine Kinder um jeden Preis schützen, und auch wenn er meiner Macht nicht im Ansatz gewachsen ist, so ist es beruhigend zu wissen, dass der alte Weise seine bewahrenden Hände über die Kinder des Lichts hält. Er scheint ein guter Lehrer und Mentor für deine kleinen Feen zu sein. Sie haben sich alle trotz ihrer jungen Jahre bereits prächtig entwickelt. Ich empfinde Stolz an deiner statt für das, was du dieser Welt hinterlassen hast.

Je länger ich sie in ihren Bemühungen sehe, desto deutlicher wird mir, dass deine Ideale nicht verloren gegangen sind. Dein Weg wird von deinen Erben fortgeführt. Auch wenn niemand von ihnen frei von Dunkelheit zu sein scheint, so wie du es einst warst, so wandeln doch alle auf dem Pfad des Lichts. Sie demonstrieren dabei eine Stärke, die mich hoffnungsvoll stimmt, dass nicht sie es sein werden, die im letzten Gefecht unterliegen werden. Auch wenn ich nicht die Fantasie besitze, wie ihre Klingen und ihr Feuer mich tatsächlich erreichen sollen, so bin ich doch nicht hoffnungslos, dass eben sie diese Kreativität entfalten können. Sie sind noch nicht an die Orte vorgedrungen, die du damals entdecktest, doch wenn sie ihrem Weg noch ein klein wenig weiter folgen, so werden sie vielleicht eine Tür aufschlagen können, hinter der die Erkenntnis steckt, die ihre Flamme entfacht und ihre Klingen schärft, sodass sie selbst eine Existenz wie mich vernichten können. Ich bin guter Hoffnung und dies zum ersten Mal seit langer Zeit.

Erste Begegnung

Die Feen haben sich in ihrer kindlichen Freude auf die Suche begeben. Sie spielen in einem Wettkampf und versuchen voranzukommen, indem sie sich gegenseitig testen und herausfordern. Ihr Kampfgeist ist dabei beeindruckend und ihre Moral vorbildlich. Dies ist der Weg, der einen zu Höchstleistungen bringt. Sie erkennen sich gegenseitig als Rivalen an und motivieren sich selbst nach einem Scheitern, um mit neuen Strategien und Erkenntnissen das folgende Mal weiterzukommen. Der gegenseitige Respekt und das Anerkennen der eigenen Grenzen und der Stärke der Konkurrenz waren Dinge, die du mir einst beibrachtest. Nur dank dieser Eigenschaften war es uns damals gelungen, auf unseren Wegen weiter voranzuschreiten und zu immer neuen Höhen aufzusteigen. Deinen Erben scheint dies genauso natürlich zu sein wie dir. Man erkennt, wie sich Freude und Ärger zugleich in die Niederlage mischen. Der Ärger darüber, dass man nicht das beste Resultat erzielt hat, das man doch ursprünglich ins Auge gefasst hatte. Die Freude darüber, dass man erkennt, noch nicht am Ende zu sein. Dass es neue Möglichkeiten gibt und eine starke Konkurrenz, die einen immer wieder aufs Neue herausfordert, mit einem wächst und die man im Spiel versucht zu überbieten. Am Gipfel halten kann man sich immer nur für kurze Zeit. Denn der Berg wächst und wächst in immer weitere Höhen, und man kann sich keine Ruhe gönnen, wenn man derjenige sein will, der von ganz oben die Aussicht genießt.

    Alles dies habe ich von dir gelernt. Ich musste es

von dir lernen, da ich ansonsten auf meinem Weg stehen geblieben wäre und mir in Unzufriedenheit hätte einbilden müssen, dass mich meine Position zufriedenstellen würde. Es waren Selbstzweifel und Eifersucht, die mich zu Beginn daran hinderten, mein volles Potenzial zu entfalten. Doch dein ehrliches Lächeln und deine Freude über deine Niederlagen zeigten mir einen neuen Weg. Du warst die Quelle meiner Motivation. Es ist wirklich der groteskeste Hohn, dass mich diese Gabe des Lichts zu meiner jetzigen Existenz führte, tief hinein in die Abgründe der Dunkelheit. Vielleicht lag es ja daran, dass ich kein Wesen des Lichts war. Alles dies war für mich nicht natürlich, und ich lernte es von dir, imitierte es und eiferte dir nach. Vielleicht war es von der Welt so gewollt, dass jemand wie ich an mir selbst verzweifelt, zerbricht und in Unzufriedenheit vor sich hinvegetiert, bis er vergeht. Vielleicht war dies die Art und Weise der Welt, ihre Bewohner und sich selbst vor etwas wie mir zu schützen. Doch nun war alles anders, und ich musste hoffen, dass es die deinen sein würden, die alles ungeschehen machen könnten, was aus meiner Existenz heraus geboren wurde.

Aber ich bin guter Dinge. Wer, wenn nicht die Feen des Lichts, wären dazu in der Lage, das zu beenden, was ich geschaffen hatte. Sie streben in ihren kurzen Leben nach immer höheren Höhen und werden einen Weg finden, die Ewigkeit zu beenden. Das wünsche ich mir so sehr.

Und erneut, während ich meinen Gedanken nachhänge, ist etwas geschehen, dem ich keine Beachtung geschenkt habe. Sie waren nicht auf der Suche nach mir, sondern nur nach ihren eigenen Grenzen, und trotzdem hat mich einer der ihren gefunden. Wahrscheinlich war es ein Zufall, dass ich genau in diesen Momenten unaufmerksam war, denn eigentlich wollte ich ihr Spiel noch eine Weile als Zuschauer verfolgen, bevor ich mich offenbaren würde. Doch nun wurde ich in diese Situation gezwungen. Es erscheint mir als zu früh, doch nun ist es so gekommen. Ich stehe vor einem deiner Erben. Allerdings muss ich gestehen, dass sich das Schicksal keinen besseren hätte aussuchen können, um ihn mit mir in Kontakt zu bringen.

Es ist das Kind des Feuers, und in allen Szenarien, die ich mir bislang ausgemalt hatte, war es am wahrscheinlichsten, dass er einen Weg finden würde, mich mit seinem Atem in Asche zu verwandeln und meine Existenz zu beenden. Ich muss unweigerlich lächeln, da er mich aus seinem herausfordernden Blick ansieht. In seinen Augen brennt das Feuer der Leidenschaft, und seine roten Haare stehen ungestüm zu Berge. Auch wenn er mich nicht erkennt, so wird ihm instinktiv bewusst, was für ein Wesen ihm gegenübersteht. Ich will einen Kampf vermeiden und mich schnell zurückziehen, doch ob mir dies so einfach gelingt, wage ich im Anblick seiner Motivation zu bezweifeln.

Ganz instinktiv reagiert mein Körper. Es ist die aggressive Reaktion der Dunkelheit, die nach jenen Wesen starken Lichts greift, um dieses Licht auszulöschen. Ich sehe den Willen der jungen Fee, sich meinem Angriff entgegenzustemmen, doch sein Instinkt verrät ihm, dass dies nichts ist, was er beseitigen könnte. Also zieht er sich geschickt zurück, um mit einem

Gegenangriff zu starten. Während ich selbst noch regungslos verharre, sehe ich im nächsten Moment bereits eine riesige Feuersbrunst auf mich zukommen, und wäre ich ein Lebewesen, so hätte ich wohl keine Möglichkeit zu entkommen. Es war wirklich wunderbar. Ich musste lachen. Es war nur einer deiner Erben, doch er verfügte bereits über die Kräfte eines Drachen und war noch lange nicht an seinem Ende angekommen.

Doch natürlich können mich seine Flammen nicht erreichen. Meine Existenz duldet es nicht, wenn danach getrachtet wird, sie zu vernichten. Es bedarf keinerlei Anstrengung meinerseits, das Feuer mit Dunkelheit zu ersticken. Dies geschieht aus einem natürlichen Reflex heraus. Doch diese Reflexe sind gefährlich, und er ist derjenige, in den ich die größte Zukunft für unsere Welt setze. Ich muss mich also schnell zurückziehen und ihn weiterhin wachsen lassen. Mit seinem unbändigen Tatendrang zwingt er mich allerdings dazu, zu intervenieren. Ich muss vermeiden, dass er mich in die Ecke drängt, denn dann wäre es um sein Leben geschehen.

Glücklicherweise trage ich meine alten Werkzeuge stets mit mir. Die Dämonen, mit deren Hilfe ich sie vor Ewigkeiten schuf, sind noch immer aktiv. Ich denke, dass eines dieser Werkzeuge eine Herausforderung für den Sohn des Feuers darstellen sollte. Seine Erkenntnis reicht zwar noch nicht aus, um es zu zerstören, allerdings wird er schon einen Weg finden. Da bin ich mir sicher. Er ist ja schließlich einer deiner Erben.

Also entfessle ich den Dämon aus uralten Zeiten, sodass er sein grausames Spiel mit einem deiner

Kinder führen kann, in der Hoffnung, dass die kleine Fee auch einen Weg finden wird, dieses Hindernis zu überwinden und zu wachsen.

Für mich selbst ist dies die Gelegenheit, mich zurückzuziehen. Ich werde wohl achtsamer sein müssen, denn ich weiß nicht, in welche Situationen es mich als nächstes ziehen wird, wenn ich meine Gedanken weiterhin so schweifen lasse. Es ist schließlich das Schicksal aller, für das ich nun die Verantwortung trage. Ich konnte mich dieser eine lange Zeit entziehen, aber ich befürchte, dass es für mich nun keine Möglichkeit mehr gibt, im Verborgenen zu fristen. Ich konnte das Rad der Zeit für einige Zeit täuschen und mich der Zukunft entziehen. Aber alle Dinge enden eines Tages. Also hoffentlich auch ich.

Metamorphose (Wahnsinn)

Nun haben sie begonnen, nach mir zu suchen, deine Erben. Ich habe mich zurückgezogen, um darüber nachzudenken, was nun passieren wird. Doch trotz meiner Verborgenheit habe ich das Gefühl, dass deine forschenden alles durchdringenden Augen auf mir harren. Es ist seltsam, ich habe das Gefühl, als wärst du nicht fortgegangen, sondern weiterhin präsent, nur in einer anderen Form. Vielleicht habe ich die Vergangenheit missinterpretiert. Vielleicht musstest du niemals gehen, sondern hast entschieden, dich fortan vor mir zu verbergen. Vielleicht konntest du es nicht ertragen, meiner neuen Form gleichzeitig in die Augen zu sehen und mit mir zu sprechen. Der Schmerz, das Unsagbare in Richtung seiner einstigen Liebe zu äußern, wäre vielleicht zu groß gewesen, und du hast dich der Verantwortung entzogen. Und jetzt beobachtest du mich in meinem Leiden und überlegst, wie du endgültig den größten Fehler, den du jemals begangen hattest, korrigieren könntest: Mich …

Sag mir, habe ich Unrecht mit meiner Annahme? Schämst du dich für das, was aus mir geworden ist? Gibst du dir die Schuld für den Weg, den ich gegangen bin? Oder vielmehr, gibst du dir die Schuld daran, dass ich meinen Weg zu beschreiten und in das Innerste unserer finsteren schwarzen Welt vorzudringen vermochte? Denkst du, du hättest es verhindern können, wenn du nicht so naiv gewesen wärst? Bist du der Ansicht, ich hätte dich getäuscht, ausgenutzt und deine Gaben genutzt, um mein Ziel zu erreichen? Vielleicht bist es aus deiner Perspektive ja du, die die Verantwortung für das Schicksal dieser Welt trägt. Vielleicht war es deinen Feen aus diesem Grund möglich, meinen Aufenthaltsort herauszufinden. Vielleicht hast du sie geführt, um den Fehler aus deiner Vergangenheit für dich zu beseitigen ...

Haben wir uns nur vorgemacht, wer wir füreinander waren? Vielleicht war ich für dich nur das nette Spielzeug. Du wolltest sehen, wie weit du mich mit deinen Gaben treiben könntest. Du hattest erkannt, dass ein Potenzial in mir verborgen lag, und wolltest sehen, zu welchem Resultat es dich führen würde, wenn du ein wenig mit mir spielst.

Und du? Habe ich mir all die Jahre vorgemacht, was du für mich bedeutest? Warst du im Endeffekt nur ein Mittel zum Zweck? Das Werkzeug, das mir die Türen zu jenen Orten öffnete, die ich alleine nicht einmal im Ansatz in der Lage gewesen wäre zu finden. Ich meine, wenn ich mir ansehe, was nun aus mir geworden ist, so muss ich doch anerkennen, dass ich mehr bin als alles andere in dieser Welt. Ich bin ein Wesen, das von den deinen und der Welt verachtet wird. Ihr alle lehnt mich ab, jede Sekunde liegt meine Existenz im Widerstreit mit seiner Umgebung, und die Welt versucht mich abzustoßen. Doch das Resultat ist und bleibt das gleiche. Ich bin mächtiger. Ich bin mächtiger als deine kleinen Feen, die nun nach mir suchen. Ich bin mächtiger als du, die mir den Weg gewiesen hat und sich nun nicht einmal mehr traut, sich mir zu offenbaren. Ich bin mächtiger als die Welt, in die ich geboren wurde, in der ich lebe und die versucht, mich aus ihr zu entfernen. Ihr alle steht im Gegensatz und Widerstreit zu mir, und doch kann niemand von euch mich erreichen.

Ja, ich denke, wir haben uns etwas eingebildet. Ich war dein Spielzeug, doch du hast mich unterschätzt. Du hast nicht erkennen können, dass ich dich eigentlich als mein Werkzeug missbrauchte. Ich war dazu in der Lage, die Wahrheit über diese Welt zu entdecken. Ich entdeckte den Ursprung der Magie, die alles Sein zusammenhält. Und der Ursprung liegt nicht im Licht, wie du es dir immer erhofft hattest. Der Ursprung der Magie ist die Dunkelheit. Wir alle sind aus tiefer Schwärze entstanden und werden einst dorthin zurückkehren. Ich bin es, der die Wahrheit kennt, und ich verstehe nicht, wie ich es so lange habe übersehen können ...

Vielleicht war es, um mich zu schützen. Denn ich hoffte, dass meine freudige Erinnerung unter Umständen doch die Wahrheit hätte sein können. Stell dir vor, welche wunderbar traurige Liebesgeschichte man über uns hätte schreiben können. Die Prinzessin des Lichts und der König der Dunkelheit, die gemeinsam in Freude lebten, bis der Tod sie aus seinem Leben riss. Er setzte alles daran, ihr zu folgen, sodass sie einst im Jenseits wieder vereint sein könnten.

Doch dies entspricht nicht den Tatsachen. Du bist nicht gegangen, sondern hast dich nur vor mir verborgen, beobachtest mich und schmiedest Pläne, wie du mich endgültig zu Fall bringen kannst. Und ich werde nicht vergehe. Nein, meine Existenz besteht im Kampf gegen diese Welt. Ich werde das Licht auslöschen und die Welt zu dem hinführen, wozu sie ursprünglich bestimmt war. Ich werde die Grausamkeiten der Geschichte umkehren, die die deinen zu verantworten haben. Und wenn ich mein Werk beendet habe, wird es die sanfte Melodie der Melancholie sein, die über den Hauch der Schöpfung weht. Meiner Schöpfung ...

Und dann, schließlich, wird alles gut ...

Der Unaussprechliche

Jetzt höre ich es wieder. Dort ist das Gebrüll, das mich bereits seit einer Ewigkeit verfolgt. Seit ich diese Insel betreten hatte, schien es, als gäbe es eine Art Barriere, die mich vor den Blicken des Unaussprechlichen verbarg. Doch dieser Schutz muss nun beseitigt sein. Ich vernehme den verzerrten Klang der Stimme, die mir unverständlich klare Befehle einflüstert. So leise, dass meine Ohren zu bersten scheinen. Noch ist er weit entfernt, aber nun hat er die Witterung aufgenommen. Schon bald wird er diesen Ort erreicht haben.

War es deine Macht, die mich vor dem Unaussprechlichen verborgen hielt? Waren mir einige Momente des Friedens und der Ruhe vergönnt, da deine schützende Hand über mir lag? Oder war es vielmehr so, dass du deine Erben in Sicherheit wissen wolltest? Welche Motive auch immer du hegtest, ist bedeutungslos. So wie jeder Gedanke und jedes Wort in der Bedeutungslosigkeit versinkt, wenn er seine Flügel ausbreitet. Nun ist er auf dem Weg, der Bote des Krieges, der schwarze Drache der Apokalypse.

Ist es euer Glück oder euer Unglück, kleine Feen, dass er erscheint, da ich eure Vernichtung beschlossen habe? Mein Vorhaben wird durch diese neuen Umstände in der Tat unterbrochen werden. Ich werde meine Pläne nicht in die Tat umsetzen können, während mein ewiger Jäger mir auf den Fersen ist. Aber ich habe auch nicht vor fortzulaufen. Es liegt an mir, seine Zerstörungskraft zu zügeln. Denn seine Ziele drohen das zu zerstören, wonach ich strebe. Sie stehen sowohl den Idealen des Lichts als auch denen der

Dunkelheit diametral entgegen. Während ihr Wesen des Lichts im stetigen Fortschritt zu neuen Höhen aufzusteigen versucht, um den Ursprung unserer Welt vergessen zu machen und ihm einen eigenen neuen Sinn zu geben, ihn ständig neu zu erfinden ... so denke ich, dass es eben jene Mühen sind, die der Ursprung allen Leids und von alledem sind, was in dieser grausamen ungerechten Welt in die verkehrte Richtung läuft. Der Ursprung, aus dem heraus wir entstanden sind, war ein anderer. Die Idee, aus der heraus alles erschaffen wurde, war die Macht der Gleichheit und Einigkeit. So schön eure Vorstellungen doch in meinem Verstand widerhallten, so töricht und falsch müssen sie doch sein. Sie haben es mir ermöglicht, in die Dunkelheit vorzudringen, in der die Wahrheit verborgen lag. Ich habe sie entdeckt und werde diese Welt in den Zustand zurückführen, in dem sie eigentlich bestehen sollte. Alle Dämonen, vor denen ihr euch fürchtet, sind nur die Ursprünge dessen, aus dem heraus ihr eure grenzenlos scheinende Energie und Abenteuerlust zieht. Ihr könnt sie bekämpfen, ihr könnt sie vielleicht sogar besiegen und sie hinter euch zurücklassen. Aber nur weil ihr sie zu verbannen versucht, bedeutet dies nicht, dass ihr euren Ursprung geändert hättet. Auch ihr Wesen des Lichts habt euch einst aus der Dunkelheit erhoben. Und ich werde derjenige sein, der euch dorthin zurückführen wird. Sodass endlich jeder das Wesen dieser Welt erkennen kann. Dann wird der Zeitpunkt gekommen sein, an dem schließlich der wunderschöne ruhige Klang dunkler Melancholie über die Schöpfung wehen wird. Dann endlich werden die hektisch stampfenden Töne des Lichts und das markerschütternde kriegsbeschwörende Lied des Unaussprechlichen verschwunden sein. Ich werde es sein, der den Kampf beenden wird. Ich bin der Bote der Dunkelheit. Ich bringe ewigen Frieden.

A-Logos, so werde ich dich nennen, schwarzer Drache der Vernichtung. Ich werde dich hier erwarten, auf dem Land meiner Widersacher. Ich werde betrachten, wie es sich gestalten wird, wenn meine Feinde endlich aufeinandertreffen. Wer von euch wird triumphieren? Wem von euch wird es vergönnt sein, mir nach dem Kampf in die Augen schauen zu dürfen? Ich weiß, dass du mich suchst, Unaussprechlicher. Deine Mordlust spüre ich in jeder Faser meines Seins. Doch ist dein unbändiger Zerstörungswille genug, um meine Existenz zu beenden? Ich wage es zu bezweifeln. Die Geschöpfe des Lichts werden scheitern und genauso wirst es auch du, der den Atem des Krieges mit sich bringt. Du Quell der Zerstörung, der namenlosen Wut, der entstehen musste, wenn die hohen Ambitionen des Lichts in weiter Ferne zu sehen glauben, was der Ursprung der Magie zu sein scheint. Doch natürlich musstest du irren. Du wolltest Macht, und in deinem Übermut hast du alles gesammelt, was dir bei der Erfüllung deiner Ziele als sinnvoll erschien. Dein Pfad führte dich sowohl über die Leichen deiner Feinde als auch deiner Bewunderer. In Blut getränkt hast du ihre Macht aufgesogen, dich ihres Wissens und ihrer Kräfte bemächtigt und bist zu immer Höherem aufgestiegen. Deine Art zu wachsen, ist die gleiche wie die der Feen. Du bist immer weiter emporgeklettert. Doch geschah es bei dir nicht aus Respekt und Achtung, sondern aus Gier und Angst. Du wolltest immer mehr und hast nicht dulden können, dass jemand den Berg auch nur berühren würde, auf dessen Gipfel du verharrst. Und nun?

Es ist dein Ziel, zu beenden, was du begonnen hast. Niemand soll dazu in der Lage sein, deine Berge überhaupt nur in den Blick fassen zu können. Du wirst zuerst diejenigen beseitigen, die nach mehr streben, und im Anschluss den Rest, nur, um auch ganz sicher zu sein. Denn du bist dir durchaus bewusst, dass dein Vorgehen dazu führen könnte, dass weitere deiner Art geboren werden. Kreaturen aus unsagbarem Hass könnten diese Erde bevölkern und solange im erbarmungslosen Krieg miteinander streiten, bis nur noch einer übrig bliebe. Dein Ziel ist es, dieser eine zu werden, doch hast du noch nicht erkannt, dass dein Ziel leer und dein Weg ein Pfad ohne Wiederkehr ist.

Ich werde es zu verhindern wissen, A-Logos, dass dieses unaussprechliche Szenario jeweils Realität werden wird. Dein Weg wird an mir enden. Denn ich bin die Zukunft und die Vergangenheit dieser Welt.

Der Untergang

Ihr seid wirklich beeindruckend, kleine Feen. Der Unaussprechliche erscheint am Horizont, und bereits im ersten Moment realisiert ihr, wer es ist, der seine Zerstörungswut auf euch richten wird. Euch ist bewusst, dass der schwarze unaufhaltsame Drache der Apokalypse mit seinem fauligen Atem des Todes euren Leben ein Ende bereitet. Und dennoch ...

Ich kann die Angst in jedem von euch sehen. Die Haare stehen euch zu Berge, eure Knie schlottern und die Zähne klappern. Aber ...

Ich erkenne ihn, euren unbändigen Willen. Und es bleibt mir nichts anderes übrig, als euch dafür Anerkennung zu zollen. Ihr steht dort, Seite an Seite, und seht eurem Ende entgegen. Die Macht dessen, was sich nähert, ist jenseits eurer Vorstellungskraft. Ihr seid euch eures Untergangs bewusst und doch ...

Es ist der Stolz in euren Augen, der mich so beeindruckt. Ihr erkennt euer Schicksal, ihr könnt es fühlen, ihr könnt es begreifen, aber eines könnt ihr nicht ... es akzeptieren. Ihr seid wirklich ihre Kinder. Euer Stolz stärkt euer Bewusstsein. In jeder Sekunde füllt sich euer Herz mit mehr Licht. Ihr steht Seite an Seite und bereitet euch auf das vor, was gleich in unbändiger vergebungsloser Vergeltung auf euch niederprasseln wird. Aber eure Hoffnung verzagt nicht, auch wenn eure Situation hoffnungslos ist. In Gemeinschaft strahlt ihr ihm entgegen, eurem Untergang! Ihr sportnt euch gegenseitig an, ihr erfreut euch an der Stärke eurer Freunde. Ihr wachst über das hinaus, was ihr jemals hättet werden können. Ihr übersteigt euer Potenzial. Wahrlich, ihr seid ihre Erben. Nur die Kinder des Lichts sind zu einem solch beeindruckenden Schauspiel in der Lage. Es ist eure Zuversicht, die die gesamte Insel in gleißendem Licht erhellt. Und dennoch ... der Untergang ist gewiss.

Endlich erreicht A-Logos die Insel meiner vergangenen Liebe. Endlich beginnt der Kampf, der den Untergang eines meiner ärgsten Widersacher bedeuten wird. Das Schicksal wird sich hier entscheiden. Hier, auf der Insel deiner letzten Ruhestätte, werden auch deine Kinder zu Grabe getragen werden. Und später auch der Drache der Apokalypse. Doch noch ist es zu früh, die Zukunft zu beschreiben. Denn jetzt ist es Zeit, das Schauspiel zu genießen, das sich die Mächte des Lichts und der chaotischen Zerstörung liefern.

Der unheilige Atem möchte die Insel verschlingen, doch eine kleine Fee wehrt sich mit ihrem feurigen Hauch der Zerstörung. Der kleine Mann mit den roten Haaren, der auch bereits mich in Asche zu verwandeln versuchte, kann sich dem Unaussprechlichen zumindest für einen Moment widersetzen, und mit aller Kraft gelingt es ihm, deine letzte Ruhestätte vor der Vernichtung zu bewahren. Doch das ist nicht genug. Es ist weder ihm genug noch den anderen Feen. Sie sind bereit, alles zu geben. Sie haben sich bereits selbst übertroffen und streben nach noch Höherem. Ihr Stolz verbietet es ihnen, an dieser Stelle unterzugehen. Die Leben ihrer Freunde sind ein zu hohes Gut, als dass sie dies jemals aufzugeben in der Lage wären, und deine Liebe, die auf der gesamten Insel zu spüren ist, treibt sie an.

Deine Liebe? Bist du es? Stehst du ihnen in ihrem

Kampf zur Seite? Anders kann ich es mir nicht erklären, wie sich die kleinen Feen dem Unaussprechlichen widersetzen könnten. A-Logos bricht mit all seiner Macht auf sie hernieder. Denn anders vermag der schwarze Drache der Apokalypse nicht zu agieren. Er kennt lediglich die Vernichtung. Zurückhaltung ist ihm fremd. Aber ... die Feen schlagen ihn zurück. Stahl trifft auf schwarze Schuppen, Blitze regnen hernieder auf seine Flügel, und selbst Raum und Zeit krümmen sich durch die Macht der Feen, um ihrem Feind zu begegnen.

Der Vater der Feen erhebt seinen Körper und lässt ihn wachsen, um dem Ungetüm auf Augenhöhe zu begegnen und es mit bloßer Stärke niederzuringen. In eurem Stolz entwickelt ihr ungekannte Kräfte und bietet ein Schauspiel, wie es die Welt noch nicht gesehen hat. Trotzdem frage ich mich, wie es sein kann, dass sich A-Logos durch eure Bemühungen Einhalt gebieten lässt. Er sollte eure Bemühung mit Leichtigkeit abschmettern können und dazu in der Lage sein, euch in Windeseile dem Erdboden gleich zu machen. Aber er tut es nicht. Er kann es nicht. Es ist noch etwas anderes. Du musst es sein. Du spendest deinen Erben die Kraft, sich ihm zu widersetzen. Ich wusste es, du bist nicht vergangen. Auch wenn ich dich nicht wahrnehmen kann, so kann ich begreifen, dass du noch existierst. Deine Erben kämpfen an deiner Seite, sie kämpfen den aussichtslosen Kampf, der sie vor der Vernichtung bewahren soll.

Doch es ist vergeblich. Selbst deine Macht ist nicht ausreichend, um sich der Wut des Chaos entgegenzustellen. Ich weiß es, und auch dir muss es bewusst sein.

Aber aus welchem Grund hast du deine Kinder nicht vor diesem Unterfangen bewahrt? Weshalb hast du sie nicht zur Vernunft gerufen und ihnen befohlen, zu fliehen? Wenn es wirklich du bist, dann hättest du sie retten können, zumindest für eine Weile.

Aber was ist das? Für einen kurzen Augenblick war ich unaufmerksam, und schon ist es mir entgangen. Der Untergang der Feen dauerte nur einen Moment und ist bereits besiegelt. Die deinen existieren nicht mehr. Sie sind vollständig vom Angesicht der Welt verschwunden. Die tapferen kleinen Feen haben ein bedeutungsloses Ende gefunden. Sie wurden mitsamt deiner Insel in den Strudel des ewigen Vergessens gezogen. Die Macht des schwarzen Drachen hat sie alle verschlungen.

Ich hätte aufmerksamer sein sollen, denn auch ich war auf dieser Insel. Nun, da sie vergangen ist, hat mir A-Logos ein Gefängnis errichtet, aus dem auszubrechen einige Zeit in Anspruch nehmen wird, denn auch ich befinde mich im chaotischen Schwall der Vernichtung. Es ist seltsam, dass ich nicht einmal mehr die Reste des Lichts um mich herum erkennen kann. Ob sie bereits während des Kampfes verglühten? War dies am Ende der Preis, den die Feen für ihre Hybris haben bezahlen mussten? Ich habe es wohl selbst zu verantworten, dass mir diese Fragen unbeantwortet bleiben werden. Aber am Ende ist alles dies irrelevant. Denn das Ende war bereits zu Beginn entschieden. Weder A-Logos noch die Feen waren dem gewachsen, der letztlich über das Schicksal dieser Welt bestimmen würde. Denn derjenige, der die Welt zu ihrem Ursprung zurückführen wird, bin ich.

Triumph

Eine Dekade verbrachte ich in deinem Gefängnis, A-Logos. Ich hatte deine Macht wohl unterschätzt. Niemals hätte ich erahnt, dass es dir gelingen würde, mich so lange im Griff des Chaos gefangen zu halten. Aber während ich meine Zeit in dem von dir geschaffenen Strudel der Vernichtung verbrachte, wurde mir auch eine weitere Sache bewusst. Du hast dein Ziel nicht erreicht. Das Licht ist deinen schwarzen Flammen entkommen.

Ich verbrachte einige Zeit damit, die Struktur deines Angriffs retrospektiv zu durchleuchten. Und ich konnte nichts finden, das auf eine Auseinandersetzung mit den Kindern des Lichts hindeutete. Sie waren entkommen. In dem Augenblick, in dem ich meinen Gedanken nachhing, mussten sie einen Weg gefunden haben, sich dir zu entziehen. Ich hatte wohl nicht nur deine Macht, sondern auch den Einfallsreichtum der Feen unterschätzt. In diesen Kindern steckt noch viel mehr, als ich es angenommen hatte. Und nun bin ich mir endgültig sicher, dass meine vergangene Liebe mit den himmelblauen Augen und dem blonden Haar ihren Erben zur Seite stand. Ich weiß nicht, wie alles dies geschehen konnte, und das, obwohl ich eine Dekade investieren konnte, um es herauszufinden.

Hast du dich vor mir verborgen, oder bist du wieder auferstanden? Was es auch war, du warst wieder hier, auch wenn ich dich nicht erfassen konnte. Immerhin war es mir gelungen, in den vergangenen Jahren meinen Geist wieder zu beruhigen. Er war wohl sehr in Aufruhr geraten. Wenn ich mir ansehe, was damals auf dieser Insel geschehen war, war dies aber auch kaum verwunderlich. Ich stolperte zum Ort deiner letzten Ruhestätte, ich wurde mit deinen Erben konfrontiert, wurde zu einer Entscheidung gezwungen, ahnte deine Wiederkehr und hörte schließlich das grausame Gebrüll meines uralten Feindes.

Aber nun bin ich zurück, und wenn ich dem Klang des Ozeans lausche, so sind deine Erben erneut in aller Munde. Es ist klar und deutlich zu vernehmen. Die Stimmen der Menschen klingen in meinen Ohren. Sie feiern das Licht.

Es scheint, als hätte es sich nach langen Jahren der Belanglosigkeit zurückgemeldet. Wart auch ihr verschwunden gewesen? Aber wohin hatte es euch wohl verschlagen, um vor dem Unaussprechlichen zu fliehen? An welchem Ort hättet ihr in Sicherheit sein können?

Natürlich, es ist dieser Ort. Die Insel ist erneut erschienen. Dort, wo damals der grausame Strudel des Krieges Chaos und Vernichtung über die deinen bringen sollte, steht sie heute erneut. Es ist der gleiche Ort, und es scheint, als wäre er vom Laufe der Zeit vollkommen unbeeindruckt. Dort hattet ihr euch also verborgen. Und jetzt ist es nur allzu deutlich zu erkennen ... Du hast diesen Ort verlassen.

Nun kann ich auch verstehen, aus welchem Grund sich die deinen mit diesem Paukenschlag zurückgemeldet haben. Sie wollen all die verlorene Zeit wieder aufholen. In den vergangenen Jahren muss einiges in der Welt geschehen sein. Nach dem Verschwinden des Lichts müssen andere Mächte nach der Spitze gegriffen haben. Und nachdem ich den Stolz in den Augen der deinen gesehen habe, ist mir klar, dass sie dies nicht auf sich beruhen lassen würden. Sie sind so glorreich zurückgekehrt, wie sie verschwunden waren. Sie würden sich in ihrer hemmungslosen Art zurückholen, was ihnen genommen wurde. Was denke ich da? Sie haben es sich bereits zurückgeholt. Dazu müssen sie erneut noch höhere Gipfel bestiegen haben, und so wie ich sie einschätze, geben sie sich auch damit nicht zufrieden.

Meine Rückkehr geschieht also im selben Moment wie der Triumph des Lichts. Selbst hier, weit abseits der Zivilisation, kann ich die Begeisterung und die Bewunderung für die deinen vernehmen. Und ich höre das Lachen, die Freude und die Glückseligkeit der Feen. Es muss ein wirklich triumphaler Siegeszug gewesen sein, in dem sie in diese Welt zurückgekehrt sind, oder sollte ich lieber sagen, in diese Zeit?

Heute ist euer Tag, kleine Feen. Ihr solltet ihn genießen. Denn der Triumph wird nicht von langer Dauer sin. Es bin nämlich nicht nur ich, der zurückgekehrt ist und der nach der Zeit des Wartens nun bereit ist, das Schicksal dieser Welt zu erfüllen. Auch das Gebrüll des Unaussprechlichen kann ich in weiter Ferne vernehmen. Es scheint, als hätte euer kleiner Trick euch lediglich einen kurzen Moment erkaufen können. Bald werden wir beenden, was wir vor einer Dekade begonnen hatten. Bald wird der Tag der Entscheidung gekommen sein.

Entscheidung

Ich denke, nun ist es an der Zeit, mich selbst zurückzumelden. In diesen Tagen, in denen die Kinder des Lichts in aller Munde stehen, dürfte es wohl am erfreulichsten sein, ihnen entgegenzutreten. Ich spüre den frischen Wind der Veränderung, der aus der Ferne zu mir herüberweht. Ich spüre die Freude, das Lachen und die Kraft, die durch ihn übertragen wird.

Während ich in meinem Gefängnis verweilte, zweifelte ich daran, wem ich als erstes begegnen sollte. Ich war mir unschlüssig, welchen der Pfade ich als erstes auslöschen sollte. Machen wir uns nichts vor. Ich war mir sogar unschlüssig darüber, ob ich überhaupt eine Entscheidung treffen sollte. Denn, wenn wir die Situation einmal realistisch betrachten, wird es der Unaussprechliche sein, der die Begeisterung im Wind vernehmen und voller Wut zu beenden versuchen wird, was er dereinst begonnen hatte. Ich könnte warten, wer dieses Mal aus diesem Duell als Sieger hervorgehen würde. So, wie ich es mir damals bereits vorgenommen hatte. Das Resultat war zwar nicht das gewünschte, allerdings war es durchaus interessant zu beobachten, wer als Sieger triumphieren sollte.

Doch nun, da ich erneut in diese Welt getreten bin, habe ich mich entschieden. Es sind die herausfordernden Stimmen der Feen, die mich dazu bewegen. Auf dem Höhepunkt ihres Triumphes werde ich ihnen begegnen. Sie werden mich erneut überraschen, werden mich herausfordern und vielleicht wirst sogar du, meine vergangene Liebe, dich mir offenbaren, um deine Erben zu schützen. Doch alles dies wird vergeblich sein. Eure Bemühungen werden euch vielleicht zu neuen Gipfeln führen, doch die größte Macht findet ihr nicht in den Wolken. Ihr könnte immer weiter und weiter in Richtung Sonne streben, ihr könnt euch unterstützen, euch selbst übertreffen, von Tränen gerührt eure eigene Macht und die eurer Freunde bewundern. Ihr könntet eure Kräfte vereinen und mir in geballtem Übermut entgegenschleudern, was ihr niemals zu besitzen vermutet hättet, doch ihr werdet scheitern.

Der Ursprung eures Ideals, der zeitgleich meine vergangene Liebe ist, wird euch nicht zum glorreichen Sieg verhelfen, sondern in den Abgrund führen. Ich bin mir unsicher, ob euch bewusst ist, dass selbst die Macht des Lichts der Dunkelheit entspringt. Euer Meister ist zurückgekehrt. Hat sie euch auch offenbart, was es ist, das ihr mir letzten Endes entgegenbringen müsst? Hat sie euch die Stufen hinabgeführt und euch gezeigt, woher sie stammt, eure Kraft? Wisst ihr, woher er dringt, euer Wunsch, euch immer weiter und weiter zu entwickeln? Es ist das Herz eurer Gemeinschaft, das eure größte Stärke immer noch im Verborgenen hält. Hast du dich dazu entschieden, es noch immer zu verbergen, damit du mich damit überraschen kannst? Du weißt doch, dass ich es kenne.

Oder willst du es gar nicht gegen mich einsetzen? Sparst du es dir für den Unsagbaren aus? Aber was würdest du dann gegen mich hervorbringen wollen? Welche Idee schlummert in dir, um mir zu begegnen? Du weißt, dass deine Feen nicht stark genug sind, um sich mir entgegenzustellen. Ist es euer Stolz, der euch hier verblendet? Könnt ihr euer Schicksal nicht erkennen, weil ihr noch immer daran glaubt, dass es einfach eine weitere Hürde ist, die ihr überwinden müsst? Denkt ihr, ihr müsstet einfach nur einen weiteren Gipfel erklimmen, und dann könntet ihr bereits über mein Haupt hinwegschauen? Habt ihr immer noch nicht begriffen, dass es Berge gibt, die man nicht überwinden kann? Es gibt Hindernisse, die ihr nicht durch eine Kraftanstrengung hinter euch lassen könnt. Habt ihr nicht verstanden, dass ich der unüberwindbare Abgrund bin, der euch hinabziehen und schließlich auslöschen wird?

Es sollte euch bewusst sein, und gleichzeitig frage ich mich, ob ihr es überhaupt zu erkennen in der Lage sein könnt. Ihr, die ihr immer nach oben schaut und nach der Sonne strebt. Ist es euch überhaupt möglich, die Wahrheit zu sehen, die in der Dunkelheit verborgen liegt? Ist es diese Arroganz, die euch auf eurem Weg begleitet und euch unfähig werden lässt, die Wahrheit zu auszumachen?

Du solltest es deinen Erben sagen. Den Grund, aus dem ich der geworden bin, als der ich heute in dieser Welt existiere. Du solltest ihnen von meinem Pfad erzählen, denn einst hatte auch ich dich an meinen Erkenntnissen teilhaben lassen. Nur dadurch hast du gefunden, was du heute vor der Welt verbirgst. Ist es eure letzte Hoffnung? Ich wage es zu bezweifeln ... Ist es eine sinnvolle Entscheidung, die deinen nicht einzuweihen? Ich denke, du irrst dich auch in diesem Punkt.

Aber im Endeffekt ist dies alles bedeutungslos. Ich habe meine Entscheidung gefällt. Ich werde mich nun auf den Weg zu euch begeben. Das Licht wird als erstes aus dieser Welt verschwinden. Nachdem dies geschehen ist, widme ich mich dem chaotischen Geschöpft der Zerstörung. A-Logos, du wirst noch auf mich warten müssen, denn dich werde ich mir für das große Finale aufsparen. Mit deinem Ende wird die Welt endlich ihrer Bestimmung zugeführt werden.

Scheitern

Da kommen sie, deine kleinen Feen. Sie sind stärker als jemals zuvor. Ich sehe den Willen, die Freude, die Ehrfurcht, die Entschlossenheit und den Mut in ihren Augen. Sie treten der mächtigsten Existenz entgegen, die auf dieser Welt wandelt, und sind überzeugt von ihrem Sieg. Ich zolle euch Respekt dafür, dass ihr es bis an diesen Punkt geschafft habt. Ihr habt euch dem Schicksal, das A-Logos oder ich für euch erdacht hatten, zunächst entzogen, habt es hinausgezögert und euch darauf vorbereitet, mich nun zu übertreffen. Aber leider bin ich ein Hindernis, das ihr nicht überwinden könnt. Ihr glaubt, nun die höchsten Gipfel erklimmen zu können, aber ich werde euch demonstrieren, dass ich euch mit Leichtigkeit in den Abgrund hinunterziehen werde, aus dem heraus meine Existenz geboren wurde.

Noch während ich überlege, auf welche Art und Weise ich diese neue von mir zu schaffende Ära einleiten soll, beginnt ihr bereits mit eurem ersten Zug. In jeder eurer Bewegungen erkenne ich das Werk meiner einstigen Liebe. Die blonde Fee mit den himmelblauen Augen lenkt eure Schritte. Sie denkt wohl, einen Plan zu haben, wie sie mich zu Fall bringen könnte. Leider irrt sie sich genauso, wie ihr es tut. Euer Handeln ist zwar lobenswert, erfrischend und heroisch, allerdings entbehrt es jeglicher Rationalität. Ein lebendes Wesen sollte versuchen, die Flucht zu ergreifen, und nicht den Angriff wählen, wenn sein sicherer Tod ihm entgegentritt.

Ein Lächeln ist auf meinem Gesicht zu erkennen,

als die Flammen des feuerroten Drachen mir entgegenschießen. Schwerter aus Stahl und Titan versuchen mich zu erreichen. Ihr macht euch die Elemente zu eigen, und ein heftiger Sturm zieht mich den Himmel hinauf. Im Fall umschließt mich ein Gefängnis aus Wasser und versucht mir die Luft zu rauben, bis es schließlich zu Eis gefriert, um mich im ewigen Glanz gefangen zu nehmen. Ich sehe die Blitze am Himmel, die sich darauf vorbereiten, in mich einzufahren, während ihr hinter dem Gewitter bereits die Sterne anfleht, euch in diesem Moment zur Seite zu stehen. Eure Kreativität ist ein heilloses Durcheinander, und doch ist es beeindruckend anzusehen. Entspannt betrachte ich eure Bemühungen, doch bislang seid ihr nicht einmal durch meinen passiven Schutz der Dunkelheit hindurchgedrungen. Ich musste nichts tun, um alle eure Bemühungen zum Scheitern zu bringen. Und gleichzeitig ist es mein Schutz, der aus reinem Instinkt zurückschlägt. Und ihr habt alle Mühe zu vermeiden, dass dieser pure Instinkt meiner Existenz bereits euer Ende ist.

Nun sehe ich sie, die Person, die die Sterne auf mich herabregnen lassen wird. Man könnte wirklich meinen, sie wäre deine Tochter. Sie ist dir wie aus dem Gesicht geschnitten. Um ehrlich zu sein, schmerzt es mich, dieses junge Mädchen zu sehen, das voller Hoffnung und Mut ihrem sicheren Tod entgegentritt. Es ist ihr Wille, ihre Freunde zu retten, der sie vorantreibt. Ich sehe ihr gutes Herz und ihre edlen Motive ... Doch leider hat sie sich einem falschen Ideal verschrieben, und selbst wenn sie gelernt hat, den Himmel und das All zu befehligen, so wird dies nicht ausreichen, mich in die Knie zu zwingen. Noch überlege ich, ob ich ihrem Bemühen ein vorzeitiges Ende bereiten soll, da durchschneidet etwas meine Gedanken ...

Es ist wahr, sie ist hier. Ich war mir vorher bereits sicher, aber nun habe ich einen Beweis, an dem nun niemand mehr zweifeln kann. Es ist nicht ihr Geist, nicht ihr Ideal, das in ihren Erben weiterlebt, nein ... es ist sie selbst. Sie ist gekommen und steht den ihren zur Seite. Ich verliere für einen kurzen Moment die Beherrschung, als ich in ihr wahrhaftiges Antlitz blicke. Sie ist immer noch so jung und schön wie am Tag unserer ersten Begegnung. Noch immer verstehe ich die Umstände nicht, wie es sein konnte, dass sie nicht gestorben ist ... Oder ist sie zurückgekehrt? Ich blicke in ihre traurigen Augen und erschaudere. Ihre Augen, sie sind nun anders, als die ihrer Erben. Die jugendliche Unschuld ist aus ihnen gewichen. Dort, wo zuvor die endlose Neugier glänzte und in immer weitere Höhen den Himmel hinaufsteigen wollte, erkenne ich einen tiefen dunklen Ozean der Trauer. Sie blickt mich an, und ich bin paralysiert. Ihre Augen sind weiterhin stark, gefüllt mit dem Mut und der Entschlossenheit ihrer Erben. Allerdings ist diese tiefgreifende Veränderung etwas, mit dem ich nicht gerechnet hätte. Wie konnte aus dem wolkenlosen Himmel ein Ozean der Trauer erwachsen? Und wieso bin ich es, den sie so unablässig fokussiert? Wohin ist ihre Trauer gerichtet? Hat sie erkannt, dass es für die ihren das Ende bedeuten wird? Aber aus welchem Grund führt sie ihre Feen in diese aussichtslose Schlacht? Und was ist dieses grelle Licht? ...

Ich bin wirklich ein Idiot. Der Himmel hat sich

längst geöffnet, und die Sterne regnen auf mein Haupt hernieder. Doch wäre es einfach nur das Licht unzähliger Sonnen, so wäre dies wohl kaum mein Untergang gewesen. Ich habe vergessen, welche Macht du seit jeher als die stärkste und unbändigste bezeichnet hattest, und auch wenn ich bis heute nicht zustimmen kann, so muss ich doch gestehen, dass sie mich nun in diesem Moment der Unachtsamkeit überwältigt hat. Das Licht, das aus der Dunkelheit heraus seinen Weg in diese Welt gefunden hat, hat sich im Überlebenskampf gegenüber seinem Ursprung behauptet. Das Schicksal dieser Welt hat sich gewendet. Die unzähligen Sterne, die vom Himmel herabregneten und die Welt nun in ein gleißendes Licht hüllen, sind gefüllt mit der Liebe der deinen. Es ist tatsächlich die Macht der Liebe, die mein Schicksal besiegelt und mich nun vergehen lässt.

Doch während ich in Sorgen über die deinen und diese Welt vergehe und das Gebrüll des Unaussprechlichen in meinen Ohren schallt, so beschäftigt mich etwas anderes:

Aus welchem Grund sind deine mit Trauer gefüllten Augen auf mich gerichtet? Und wieso ist der ewig weite hellblaue Himmel in deinen Augen verschwunden? Aus welchem Grund erkenne ich dort einen tiefblauen Ozean?

Dominanz der Zerstörung

Es ist geschehen. Meine Existenz vergeht. Die kleinen Feen haben sich selbst und sogar mich übertroffen. Das Licht der Sterne hat die Dunkelheit getilgt, aus der meine Existenz geschaffen wurde. Das Licht, das einst als Produkt der Dunkelheit in diese Welt hinaustrat, hat sich über das erhoben, woraus es einst entstanden war.

Ich hatte erwartet, dass sie es mit Tanz und Freude feiern, so wie sie es immer tun, wenn ihnen etwas gelungen ist, was ihnen niemals hätte gelingen können. Denn dies ist das Wesen des Lichts. Und auch wenn sie in der Ferne bereits das grausame Gebrüll des Unaussprechlichen vernehmen können, so läge es doch in ihrer Natur, jene Momente zu zelebrieren, die ihnen unerwarteterweise geschenkt wurden. Doch es herrscht keine freudige Stimmung. Die Feen sind ruhig und andächtig. Wenn sie ihre Zeit schon nicht nutzen, um sich selbst in den wohlverdienten Freudentaumel zu versetzen, so sollten sie sich doch wenigstens auf das konzentrieren, was nun noch vor ihnen steht. Denn der unausweichliche Kampf des Lichts gegen das Chaos wird in Kürze über die kleinen Feen hineinbrechen. Der Unaussprechliche nähert sich dem Geschehen und wird Krieg und Leid über diese Welt bringen.

Doch ihre Blicke sind auf meine vergehende Existenz gerichtet. Sie haben mich besiegt und sehen mich vor ihren Augen schwinden. Der feuerspeiende Drache, die stählerne Kämpferin, die Herrscherin der Stürme, der Gott des Donners, selbst das Mädchen, das die Sterne auf mich hinabregnen ließ, und all die anderen kleinen Feen, die im Licht ihrer Überzeugungen baden, sehen nun zu mir hinüber. Sie schauen auf mich und auf dich, denn du bist an mich herangetreten, meine vergangene Liebe mit dem hellblonden Haar. Der Ozean in deinen Augen tritt in die Flut hinein, und das Wasser rinnt über deine Wangen. Welch ein bizarrer Anblick.

Aber weder ihr kleinen Geschöpfte des Lichts noch ich, der sich nun von der Welt zu lösen beginnt, können sich dem entziehen, was nun über euch hereinbricht. Ihr hättet euch vorbereiten sollen. Aber nun ist der da. Der Meister des Hasses, der Verschlinger der Worte, der Schöpfer des Chaos, der Bote des Krieges, der Unaussprechliche. A-Logos erscheint über eurer Heimstätte und ist bereit, alles in seinem schwarzen Strudel chaotischer Zerstörung zu verschlingen.

Eure stolzen Blicke wenden sich nun ab von mir und widmen sich dem Feind allen Lebens, der gekommen ist, um alles zu nehmen, was euch am Herzen liegt. Nur die Blicke einer von euch wenden sich nicht von mir ab. Noch immer stehst du dort. Unfähig, dich von mir zu entfernen. Unfähig, dich mir weiter zu nähern. Stumm und mit einem Ozean aus Tränen überflutet siehst du mich an, während die deinen ihrem sicheren Tod entgegentreten. Du solltest dich von mir abwenden, denn ich höre bereits das existenzbeendende donnernde Grölen, das über uns allen seine unbändige Macht demonstriert.

Während deine Blicke auf mir haften, umfängt uns der Schwall der Zerstörung. Die mächtigste Waffe des Unaussprechlichen. Deine Feen können ihm nichts entgegensetzen. Es erstickt jedes Feuer, schmilzt den Stahl, nimmt euch die Luft zum Atmen und verdeckt den gesamten Himmel, sodass weder Blitz und Donner noch die Sterne uns jemals wieder erreichen werden. A-Logos demonstriert seine Dominanz. Dieses Mal existiert keine verborgene Magie, die euch zu retten imstande ist. A-Logos hat aus seiner Nachlässigkeit gelernt. Er ist stärker als jemals zuvor, und ich bin mir nicht mehr sicher, ob ich ihm mit meiner früheren Existenz hätte Einhalt gebieten können. Seine Macht ist Dominanz. Sein Atem Zerstörung. Er nimmt jede Hoffnung und verschluckt uns von dieser Welt. Ist es wirklich sein Weg, der am Ende der erfolgreichste sein wird? Ist es sein Ideal, das sich durchsetzen wird? Wird er diese Welt erschaffen, in der er jegliche Existenz ersticken wird, bis nur noch er übrigbleibt. Dieses einsame Ideal der Zerstörung ist also das Schicksal dieser Welt. Ich spüre den schwarzen Schwall der Vernichtung, der mich umschlingt, er ergreift das, was von mir noch übrig ist. Ich kann mich ihm nicht entziehen, habe keine Kraft mehr in meiner schwindenden Existenz, mich dem zu widersetzen.

Doch du blickst unbeeindruckt all dessen zu mir. In diesem letzten unserer Augenblicke nimmst du meine Hand und lächelst mir sanft entgegen, während deine Tränen noch immer nicht bereit sind zu versiegen. Vielleicht wärst du sogar fähig, ihm zu trotzen. Vielleicht hättest du das Schicksal der deinen und der Welt, aus der wir entstammen, zum Besseren wenden können. Denn auch wenn ich dein Ideal als ungerecht empfinde, so ist es doch immer noch besser in einer ungerechten als in einer vernichteten Welt zu existieren.

In all diesem Chaos bewegen sich deine Lippen, und deine letzten Worte erreichen meine Ohren, bevor wir in ewigem Chaos zugrunde gehen.

Die Macht, die selbst die Unsterblichkeit besiegt

Ist dies die Wahrheit? Welchen Grund solltest du haben, mich nun zu belügen? Wir sind in den letzten Momenten unserer Existenz. Du lächelst und hältst meine Hand. Seit ich damals in diese dunkle Existenz übergetreten bin, habe ich keinen Körperkontakt mehr spüren können. Die Dunkelheit, die mein Sein beschützte, hatte dies nicht zugelassen. Doch nun war meine Macht am Schwinden. Ich konnte gerade noch so die letzten Eindrücke in mich aufnehmen, bevor alles für immer im Chaos versinken sollte.

Doch ich bin glücklich. Deine letzten Worte zaubern mir ein Lachen ins Gesicht. Und vor meinen Tränen der Glückseligkeit kann ich kaum noch dein wunderschönes Gesicht erkennen. Du bist und warst es immer. Wie hatte ich nur daran zweifeln können. Die Nebel sind verschwunden, die meinen Verstand bedeckt hielten, und jetzt weiß ich endlich, dass du es bist. Eigentlich habe ich es immer gewusst, ich konnte nur auf dieses Bewusstsein nicht zugreifen.

Und ich kann es nur erwidern: „Ich liebe dich auch." Es gibt nichts hinzuzufügen. Jede Erklärung ist hinfällig, alles Übrige ist egal. Ich wünschte nur, ich könnte etwas für dich tun; es zerreißt mir das Herz, dass du und die deinen im endlosen Sog der Zerstörung zugrunde gehen werden. Meine Tränen werden stärker, und diesmal wird es ein bedauerndes Schluchzen, das von mir aus zu vernehmen ist. Hätte ich meinen Verstand doch nur vorher zurückbekommen, hätte ich meine klare Sicht nur früher erhalten. Ich hätte ihr

Schicksal abwenden können. Und wen interessiert schon, wessen Ideal das bessere für die Welt wäre? Wen interessiert schon diese Welt? Es war immer egal. Das Einzige, das zählt, bist du. „Ich liebe dich."

„Hör auf zu weinen." Deine zarte Stimme dringt an meine Ohren. Ich wünschte, ich könnte diese Stimme noch länger hören. Ich wünschte, ich könnte sie bis in die Ewigkeit hin mit mir nehmen. Sie aufbewahren und ihr ewig hallend in meinen Ohren lauschen. „Wie könnte ich?" Es fällt mir schwer, die Kraft aufzubringen, diese Worte aus meinem Mund herauszupressen. Mir fehlt inzwischen selbst die Energie, um zu sprechen. „Wenn du nicht aufhörst, kannst du es nicht sehen. Deine Tränen werden dir die Sicht verwehren. Wir sind alle hier, und ich bin bei dir."

„Gerade das ist es ja, das mich so traurig stimmt." Könnte ich doch nur etwas tun, um sie zu retten. Doch meine Kraft, war geschwunden.

„Du verstehst es immer noch nicht, oder?" Ich versuche sie zwischen meinen Tränen ausfindig zu machen, als ich dies vernehme. Ihr Kinn liegt auf meiner Brust und ihre himmelblauen Augen strahlen mich an. „Ich verstehe es auch erst jetzt, da wir wieder vereint sind. Ich habe sie als den falschen Weg betrachtet, doch sie gehört ebenso in unsere Utopie wie mein Licht." Da erkannte ich, was sie meinte. Sie war gehüllt in meine Dunkelheit und leuchtete hell, wie die Sonne an einem klaren Sommertag. Ich konnte die Wärme fühlen, die von ihr ausging.

Endlich verstehe ich es.

Das Licht ist nicht die Lösung. Es erkennt und erleuchtet die Realität. Es erkennt allerdings nichts, was außerhalb dieser Wirklichkeit liegt. Wer im Licht wandelt, versucht seinen Traum zu leben, aber der Traum, der aus dem Licht heraus geboren wird, ist nicht kraftvoll genug. Ihm fehlt es an der Kreativität der Dunkelheit, denn um eine wahre Utopie erkennen zu können, reicht es nicht aus, nur das Vorhandene verbessern zu wollen. Es bedarf mehr. Ein Traum, der sich nur am Licht orientiert, hat niemals die Macht eines aus der Dunkelheit geborenen Willens.

Aber die Dunkelheit ist nicht die Lösung. Es fehlt ihr die Weitsicht, die Klarheit, die Struktur. Ein Traum, der aus der Dunkelheit heraus geboren wird und dort verweilt, wird niemals zur Erfüllung kommen. Nur wer im Licht wandelt, kann die Möglichkeiten erkennen, die es zur Erfüllung dieses Traumes bedarf. Nur in der Dunkelheit bleibt der Traum ewig kraftvoll und wunderschön, aber auf immer unerfüllt.

„Du hast sie vereint", flüstere ich mit letzter Kraft.

„Nein, wir haben sie vereint. Dies ist das Ideal, nach dem die Welt nun neu geboren wird." Deine Stimme ist kraftvoll und voller Freude. „Ich werde dich begleiten. Wir werden von nun an für immer zusammen sein." Sie klingt voller Erwartung. Ich muss wieder weinen.

„A-Logos hatte keinen schlechten Gedanken", erklärst du mir. „Er hat versucht, was wir nun erreicht haben. Ihm war bewusst, dass die Antwort weder im Licht noch in der Dunkelheit zu finden war. Allerdings hat er einen großen Fehler begangen. Er war nicht bereit, beide in sich aufzunehmen. Der Unaussprechliche hatte sich einzig ihrer Stärken bemächtigt. Er war nicht willens, die Schwächen zu verzeihen. Deshalb bewegte er sich weg von unseren Wegen und endete als fanatischer Gott der Vernichtung."

Doch wir enden hier … Ich schaffe es nicht einmal mehr, meine Worte auszusprechen. Der Schwall des Krieges ist kurz davor, mich zu verschlingen.

„Es ist hier. Das Licht, das du einst aus der Dunkelheit geborgen hast. Das Licht, das der Beginn für unseren Weg war. Du warst nun lange genug von uns getrennt. Doch ich bin wieder hier. Ich habe unsere Kinder mitgebracht. Und es ist gleich, wie viel Macht der Unsagbare in seinem Wahn erhalten hat. Das Licht, das du einst geborgen und an deine Kinder vererbt hast, ist die größte Macht dieser Welt."

Endlich verstehe ich es. Ich sehe nun klar in die Vergangenheit. Jene Vergangenheit, die mit dem Eintritt in die neue Existenz aus meinem Gedächtnis getilgt wurde. Wir waren es gemeinsam, die diesen Traum aufgebaut haben. Für dich habe ich das Licht aus der Dunkelheit geholt und es sich entwickeln lassen. Wir haben unsere Kinder im stolzen Schein unserer Vorstellungen erzogen. Und hier stehen sie nun. Alle vereint und entzünden die Flamme, um das Licht in neuem Glanz erstrahlen zu lassen. Wie könnte ich stolzer sein?

Der Strudel der Zerstörung vergeht, genauso wie A-Logos. Der Gott des Krieges ist gefallen, und die Welt erstrahlt in neuem Licht. Ich bin froh, dass ich diese Momente miterleben kann, bevor ich endgültig von dieser Welt verschwinde. Ich hoffe, dass du, meine Liebe, und unsere Kinder in dieser von uns erschaffenen Utopie ein glückliches Dasein haben werden. Ich kann endlich glücklich aus dieser Welt scheiden.

Du hältst mich umarmt, und ich spüre deine Wärme in meine kalte dunkle Existenz fließen.

„Ich werde dich begleiten." Schockiert blicke ich sie an und will ihr widersprechen, will sie von diesem Vorhaben abhalten, doch sie lächelt mich nur sanft an. „Ich weiß, es ist egoistisch, aber ich werde für immer an deiner Seite bleiben. Endlich hast du deine Unsterblichkeit abgelegt. So kann ich auch die meine dahinscheiden lassen. Wir nehmen uns ihr gemeinsam an, der neuen Kraft, die selbst die Unsterblichkeit besiegt. Gemeinsam werden wir für immer in dieser unendlichen Kraft aufgehen. Denn es gibt nur diese eine Energie, die die Unsterblichkeit besiegen kann."

Ich weiß, was sie meint. Ich muss es unwillig akzeptieren, denn ich habe keine Möglichkeit, sie von ihrem Vorhaben abzuhalten. Wir werden beide in das ewige Licht einkehren und bis in alle Ewigkeit vereint über diese Welt wachen.

Ich hätte nicht glücklicher sein können.

Das Kind der Schatten

I

Ich wusste schon immer, dass ich etwas Besonderes war. Bereits als kleines Kind erzählten mir die Menschen, dass mehr Potenzial in mir vorhanden war als in anderen. Aus diesem Grund erfuhr ich eine ganz spezielle Förderung. Ich wurde zugleich bewahrt und vor der Außenwelt beschützt und isoliert als auch auf die unwirklichsten Gefahren vorbereitet, die sich dort draußen in der weiten Welt offenbaren könnten. Wenn ich mir meine Kindheit rückblickend betrachte, denke ich, dass es genau dieser Schutz war, der mich später davon abhalten sollte, meine Ziele zu erreichen. Ich frage mich, ob dies nicht auch einer der Gründe war, weshalb ich auf diese Art und Weise erzogen wurde. Meine Sinne waren so scharf, dass ich jegliche Gefahr weit im Voraus bereits bemerken konnte. Und meine Vorstellung von dem, was dort auf mich zukommen könnte, war zugleich so gewaltig und so begrenzt, dass ich davor zurückschrecken musste, mich ihr entgegenzustellen.
Mein Leben bestand also nicht daraus, Hürden zu überwinden, die sich mir offenbarten. Ich erkannte sie, bevor sie zu einem Problem erwachsen konnten, und wich ihnen geschickt aus, denn dies wurde mir so in meiner Erziehung beigebracht. Ich frage mich, ob sie einen Plan hatten, als sie mich auf diese Art und Weise prägten. Ich meine einen Plan, der darüber hinaus ging, dass mein Leben gewahrt werden sollte. Denn wenn sie Großes mit mir vorhätten, so wäre diese Art der Erziehung doch mehr als uneffektiv. Sicherlich würde ich überleben, doch würde dieser Ins-

tinkt mein gesamtes Leben bestimmen. Er würde von sich aus eine unüberwindbare Hürde bilden, wenn ich eines Tages nach Höherem streben würde. Und diese Hürde könnte ich nicht umgehen, denn sie würde aus meinem Inneren herausragen. Dieser Reflex zurückzuweichen würde mich daran hindern, zu wachsen. Ich wäre also dazu verdammt, jenen zuzusehen, die mutig an mir vorbeiziehen. Und selbst, wenn nur wenige von ihnen ihr Ziel erreichen würden, so hätten sie mich doch weit hinter sich zurückgelassen, und meine natürliche Begabung würde nicht mehr ausreichen, sie einzuholen.

Doch vielleicht ist alles gewollt. Vielleicht bedeutet es genau dies, in den Schatten geboren worden zu sein. Wer in den Schatten lebt, hat kein Interesse daran, eines Tages im Licht der Welt zu baden. Die meinen wissen, dass denjenigen, die sich selbst in Szene setzen, am meisten nach ihrem Sein getrachtet wird. Der Neid und der Ehrgeiz treiben die Menschen an. Sie wollen an die Stelle der Könige treten, die im Licht der Aufmerksamkeit baden und ihre Erfolge, ihren Reichtum und ihre Macht zur Schau stellen. Nur wer dort im Licht sitzt, kann auch gesehen werden. Nur wer dort im Licht sitzt, wird den Kampf gegen diejenigen führen, die ihm seine Position neiden. Sie werden danach streben ihn zu stürzen, ihn zu übertreffen und selbst an seine Stelle zu treten. Denn die Menschen, die aus dem Licht stammen, genießen die Aufmerksamkeit, die Bewunderung und den Neid der anderen.

So denken zumindest die Wesen der Nacht, von denen auch ich abstamme. Und ein Teil dieser Schatten ist auch noch heute tief in meiner Seele verborgen und verhindert, dass ich eben jenen Weg des Lichts beschreite. Doch ich habe inzwischen diejenigen gesehen, die tapfer ihren Weg beschreiten. Und ich muss zugeben, dass die Bewertung der meinen nicht vollkommen an der Realität vorbeigeht. Im Licht wird man gesehen und erscheint gegebenenfalls größer, als man ist. Wohingegen die Macht meiner Familie im Verborgenen liegt, und die wenigen, denen es möglich ist, diese zu erahnen, schaudern zu sehr vor dem, was sie schemenhaft wahrzunehmen glauben, als dass sie den Mut aufbringen könnten, danach zu greifen.

Doch sie liegen in ihrer Bewertung zugleich vollkommen falsch. Sie erkennen nicht die Vielfältigkeit der Motive derer, die nach Höherem streben. Ich selbst möchte mir gar nicht anmaßen, zu urteilen, welche dieser Motive besser oder schlechter geeignet sind, um sich im Leben zurechtzufinden oder seine Ziele zu erreichen, sofern man dies überhaupt als erstrebenswert erachtet. Ich stehe überhaupt noch ganz am Anfang meiner Reise, und es fällt mir schwer, nicht abschätzend auf diejenigen hinabzublicken, die mit einer geringeren Begabung als ich gesegnet sind und dennoch denken, sie könnten den Thron im Licht der Aufmerksamkeit erklimmen. Es ist mein stetiger innerer Kampf zwischen Abschätzigkeit und Bewunderung, den ich bezüglich dieser Menschen, die in einer anderen Realität erzogen wurden, führe. Ich muss gestehen, dass mich dies regelmäßig überfordert und ich mir oft selbst im Weg zu stehen scheine, indem ich Barrieren entwickle, die mich von denjenigen abschirmen, die mir die Hand reichen und mich zu fördern bereit sind. Doch ich denke auch, dass dies vorerst zu vernachlässigen ist. Denn ich fühle das erste Mal eine bestimmte Emotion in mir hervorkommen. Etwas, nach dem ich schon seit langer Zeit gesucht habe. Dieser Junge mit den ernsthaften leuchtenden Augen fasziniert mich auf eine mir noch nicht gekannte Weise. Ich werde mich ihm anschließen, um herauszufinden, wohin sein Pfad ihn führen wird. Ich kann es spüren, irgendetwas an ihm ist anders.

II

Ich kann es nicht verstehen. Was ist nur los mit diesen Leuten? Ich meine, natürlich habe ich verstanden, dass sie alle nach Höherem streben. Aber wie sie es tun, ist doch verrückt. Sie riskieren alles, und ich frage mich, wie sie dies bewerkstelligen, ohne angsterfüllt zu erstarren. Die Aufgaben, denen sie sich gegenübersehen, sind oft viel zu groß für sie, um sie bewerkstelligen zu können. Und der Preis, den sie bei einem Scheitern bezahlen müssten, ist nicht selten ihre Existenz.

Aus welchem Grund sind sie also so optimistisch? Und ich meine mit Optimismus nicht nur den Jungen, den ich aus irgendeinem Grund zu bewundern scheine. Auch er ist Teil dieser größenwahnsinnig scheinenden Gruppe. Aber er scheint einfach eine Faszination für die Gefahr zu fühlen. Ich kann es kaum beschreiben, aber wenn er etwas erblickt, das sich außerhalb seines Erfahrungshorizonts befindet, beginnen seine Augen zu leuchten. Und er meistert diese Schwierigkeiten in einer Art und Weise, die ich bislang noch nicht erfassen konnte. Ich bin mir unschlüssig darüber, ob es lediglich Glück ist, oder ob hier mehr dahintersteckt. Denn es ist keinesfalls so, dass sich die Antworten auf seine Probleme einfach ergeben. Er findet sie. Aber wie er sie findet, kann ich nicht nachvollziehen. Die Situationen scheinen auf den ersten Blick keinen Ausweg bereitzustellen, doch er sieht diesen. Allerdings kann es sich auch nur ergeben, da sich die Umstände, aus einer anderen Perspektive betrachtet, zu seinen Gunsten neigen. Ist es also der Fall, dass er bislang einfach Glück hatte, dass die Situationen es hergaben, dass er sie so uminterpretieren konnte, dass sie ihm einen Ausweg zeigen konnten, oder hat er eine generelle Gabe, die ihm aus jeder Situation einen Ausweg weist? Um ehrlich zu sein, schließe ich Letzteres eigentlich aus, da es mir unmöglich erscheint, dass Kreativität alle Hürden überwinden kann. Aber trotzdem, dieser Junge scheint unaufhaltsam, und das habe bislang nicht nur ich bemerken können.

Doch was ist mit den anderen? Sie besitzen nicht diese Gabe, und trotzdem folgen sie Zielen, die weit außerhalb ihrer Reichweite liegen. Bislang haben glückliche Umstände und die Gabe dieses Jungen sie aus ihren misslichen Situationen befreien können. Doch wären sie auf sich alleine gestellt gewesen, so wären sie schon lange gescheitert. Ich muss sagen, dass ich mir mehr vorgestellt hatte, als ich mich dazu entschieden hatte, mich an diesen Prüfungen zu versuchen. Doch die anderen sind so weit von meinen Fähigkeiten entfernt, dass ich nicht die geringste Anspannung verspüre. Für sie scheint jeder kleine Schritt eine Herausforderung, und trotzdem denken sie, dass sie bis zum Ende durchhalten können.

Ich muss gestehen, dass mich dieser grenzenlose Optimismus stört. Er wühlt mich in einer Art und Weise auf, wie ich sie bislang noch nicht gekannt habe. Diese Größenwahnsinnigen scheinen keine Furcht vor dem zu besitzen, was vor ihnen liegt. Doch selbst ich, der ihnen so weit überlegen ist, sieht vorsichtig in die Aufgaben, die wir im Folgenden zu meistern haben, denn eine Intensitätssteigerung der Prüfungen ist nicht zu leugnen. Außerdem gibt es einige andere Teilnehmer, mit denen ich mich nicht zu messen bereit bin. Sie kommen nicht wie ich aus den Schatten, aber ich kann sowohl ihre Lust als auch ihre Brutalität spüren, und sollten die Prüfer von uns verlangen, mit diesen Gestalten in einen Wettstreit zu treten, so würde ich ablehnen.

Doch ich befürchte, dass die Größenwahnsinnigen sich selbst von diesen mordlüsternen Gestalten nicht abhalten lassen würden, ihre Ziele weiterhin zu verfolgen. Ich möchte mir gar nicht ausmalen, in welch grausamem Gemetzel dies enden würde. Deshalb habe ich den faszinierenden Jungen auch schon einige Male davor gewarnt, denn ich möchte nicht, dass er ein sinnloses Ende findet. Doch seine Reaktion war, entgegen meiner Erwartung, passend für sein bisheriges Verhalten. Seine Augen begannen zu leuchten, und gleichzeitig verfiel er ins Grübeln. Dieser Idiot war nicht dazu bereit, meine Warnung in der Art und Weise ernst zu nehmen, wie ich es intendiert hatte. Stattdessen versuchte er bereits im Vorfeld, die Situation umzudeuten und Auswege zu finden. Doch ich befürchte, dass es in dieser Situation keinen Ausweg geben wird. Sollte sich der faszinierende Junge mit den leuchtenden Augen tatsächlich einer dieser mordlüsternen Gestalten gegenübersehen, so wird dies sein Ende sein. Denn es gibt Dinge, die lassen sich nicht umdeuten. Das muss auch er verstehen, ganz gleich, wie sehr er mich fasziniert und in seinen Bann zieht. Denn ich muss auch gestehen, dass mir seine Einstellung erneut Bewunderung abgerungen hat, ganz gleich, wie sehr ich sein sinnloses Vorgehen ablehne.

III

Es ist belastend, dass es auf diese Art und Weise geschehen musste. Dabei hätte es mir doch von Beginn an klar sein sollen. Die Aufgaben, die uns gestellt werden würden, müssten auch mich an einer gewissen Stelle fordern. Und als schließlich der Zeitpunkt gekommen war, an dem sich meine anerzogenen Instinkte meldeten, verlor ich die Kontrolle. Es war mir nicht möglich, mich meinem Gegenüber entgegenzustellen, und ich kapitulierte. Dunkelheit umnebelte meinen Verstand, und ich floh vor der Gefahr, bevor sie sich mir hätte nähern können. Doch es war nicht nur das. Ich stand neben mir, konnte meinen Körper nicht mehr beherrschen und sah zu, wie ich es war, der endgültig diesen Teil der Prüfung beendete. Mein Regelbruch brachte mir eine kurzfristige Genugtuung, die ich jetzt bereue. Er beendete das Leben eines aufstrebenden im Licht Badenden und befähigte gleichzeitig die größenwahnsinnig Scheinenden dazu, ihre Begehren in Empfang zu nehmen. Sie bewältigten eine Aufgabe, die ihre Fähigkeitsprofile bei weitem überstieg. Irgendwie muss ich sagen, dass ich mich für sie freute und einen gewissen Stolz für sie empfand. Waren sie doch ebenfalls wie ich während der Prüfungszeit nicht von der Seite dieses Jungen gewichen.

Doch war mir nicht klar, weshalb dieser Junge eine solche gigantische Faszination auf mich ausübte. Und was es war, womit er die anderen restlos begeisterte. Ich muss gestehen, dass ich Neid empfand, als unsere Potenziale bewertet wurden und er sowohl vor mir als auch vor allen anderen landete. Ja, ich empfinde ihn als interessant. Es hat mir viel Freude bereitet, in seiner Gegenwart völlig neue Herangehensweisen zu entdecken. Er hat mir ein Versprechen abgerungen, das ich nicht halten konnte. Und doch, ich hätte niemals gedacht, dass er ein größeres Potenzial besitzen würde als ich. Aus welchem Grund wurden ihm die größten Chancen für die Zukunft eingeräumt? Ich kann diese Bewertung wirklich nicht nachvollziehen.

Und trotzdem fühle ich mich schuldig. Ich habe ein Versprechen gebrochen, das mich von meinen Fesseln lösen sollte, die mir meine Erziehung auferlegt hatte. Aber es ist nicht nur Frustration, wie man vielleicht meinen könnte. Es ist darüber hinaus wirklich das Empfinden von Schuld. Ich hatte es ihm versprochen, dem Jungen mit dem unaufhörlichen Glanz in den Augen. Und es schmerzt, dass ich es nicht halten konnte. Es schmerzt, dass ich den Ort der Prüfung verlassen und ihn hinter mir lassen musste. Es schmerzt, dass ich zurückgekehrt bin an jenen Ort, von dem aus ich aufgebrochen war. Und alles dies überstrahlt die körperlichen Torturen, die meinem Körper seit meiner Rückkehr auferlegt wurden, bei weitem. Keiner der Peitschenhiebe meiner Brüder, nicht die Schläge meiner Mutter oder die Tatsache, dass ich in Fesseln in diesem lichtlosen Keller ausharren musste, konnten mich so tief und schmerzhaft treffen wie der Gedanke, was ich diesem Jungen angetan haben musste, als ich mein Versprechen, das ich ihm so feierlich geschworen hatte, brach.

Also warum ist er gekommen? Ich habe es gehört, als ihr, Mutter und Bruder, vor meiner Gefängnistür gesprochen habt. Er ist nicht allein gekommen, sondern hat die anderen mitgebracht. Natürlich sind sie wegen mir gekommen, das ist nicht meine Frage. Ich frage mich stattdessen, was ihn dazu motiviert, mich zu suchen. Es ist gefährlich an diesem Ort. Es ist das Zuhause der Schatten, und meine Familie wird nicht dulden, dass sich Unbefugte an diesem Ort aufhalten. Und wie ist es ihm überhaupt gelungen, diesen Ort zu betreten? Die Barrieren, die meine Familie errichtete, die Gefahren, die im Wald vor unserem Anwesen lauern, alles dies sollte sowohl für ihn als auch für seine größenwahnsinnigen Gefährten unüberwindbare Hindernisse darstellen.

Doch er ist hier. Er nimmt alles dies auf sich, um mich zu finden. Also, aus welchem Grund suchst du mich?

Ich kann dies zwar nicht beantworten, doch ich habe Angst davor, was mit ihm geschehen könnte. Aus diesem Grund ist es nun Zeit, aus der Tortur auszubrechen. Selbstverständlich können mich weder Ketten noch Türen daran hindern, die Schatten erneut zu verlassen. Es war meine Entscheidung, dass ich die Strafe akzeptierte, die mir meine Familie auferlegte. Doch nun ist es Zeit, diese Strafe zu beenden. Nicht, dass ich bereits genug Buße getan hätte, denn um ehrlich zu sein, weiß ich nicht, ob ich diese jemals ableisten könnte. Aber es ist Zeit, diejenigen zu beschützen, deren Leben schon viel zu oft am seidenen Faden hingen. Außerdem will ich ihn wiedersehen. Ich will wissen, warum er an diesen Ort gekommen ist. Auch wenn ich Angst habe, herauszufinden, was seine Antwort sein wird.

IV

Du bist das Licht. Ihr kamt tatsächlich nur, um euch zu versichern, dass es mir gut geht. Und dazu habt ihr diese Gefahren auf euch genommen ... Ich kann es noch immer kaum glauben. Aber wie du so dort saßt, als du auf mich wartetest. Du warst voller Faszination für die Dinge um dich herum, und zugleich konnte man deine Entschlossenheit und deinen Zorn erkennen, den du in dir getragen hast. Du stelltest dich den sinnlosen Herausforderungen, die meine Familie dir auferlegt hat, und zur Überraschung aller hast du sie sogar gemeistert. Ich musste wirklich lachen, als ich das mit angesehen habe. Der Junge aus dem Licht tritt in die Schatten und amüsiert sich über die Könige, die im Verborgenen lauern. Du bist ein wahrer Held. Und du hast jene Worte benutzt, die ich mich niemals trauen würde, über meine Lippen zu bringen. Es wäre mir einfach viel zu peinlich, es auszusprechen. Aber als du sie sagtest, strahltest du so hell wie die Sonne, und das an einem Ort der Schatten. Und ich bin dir so dankbar für diese Worte. Ich hoffe, du weißt, dass ich genauso auch für dich empfinde. Du Junge mit den leuchtenden Augen bist auch mein bester Freund. Auch wenn ich mir nicht einmal sicher bin, ob dies für dich von so großer Bedeutung ist wie für mich.

Ich habe das Gefühl, du genießt lediglich das Leben. Du bist fasziniert von allem, was um dich herum geschieht. Du bemerkst jede kleine Veränderung in deiner Umgebung, und deshalb bist du auch in der Lage, dich den Situationen anzupassen. Aber das Faszinierendste ist, dass du an vielen Stellen einfach nur beschreibst, anstatt zu werten. Auch du hast deine Ideale, doch scheinen diese intrinsisch aus dir selbst zu stammen statt aus der Gesellschaft. Du urteilst anders als alle anderen Personen, die ich jemals getroffen oder von denen ich jemals gehört habe. Auch wenn viele Personen intellektuell verstehen können, dass es Gut und Böse nicht gibt, sondern dies immer nur Rechtfertigungen sind, um das eigene Weltbild für sich selbst zu festigen und sich einen Status zu geben, der das eigene Ich in dieser Welt erträglich macht, so scheint es, als würde dir diese Kategorisierung gar nicht in den Sinn kommen. Gut und Böse scheinen für dich keine Rolle zu spielen. Du erkennst, dass Menschen nicht schwarz oder weiß sind, obwohl du aus dem Licht stammst, und ich aus den Schatten. Vielleicht ist es dir deshalb möglich, jegliches Problem zu beseitigen, auch wenn es von außen so scheint, als gäbe es keine Möglichkeit dafür. Und mit Sicherheit ist dies der Grund, weshalb dein Potenzial für größer als das meine eingeschätzt wurde. Ich muss gestehen, dass ich inzwischen dieser Einschätzung voll und ganz zustimme.

Das Interessante an dir ist außerdem, dass du einen sehr scharfen Blick dafür entwickelt hast, was gerecht und ungerecht ist. Durch die Ablehnung der Kategorien Gut und Böse, scheint es für dich sehr viel leichter zu sein, diese Ungleichheiten zu erkennen. Denn im Gegensatz zu anderen Menschen rechtfertigst oder urteilst du nicht über diese. Sie sind dir nicht gleichgültig, aber trotzdem scheinst du sie einfach akzeptieren zu können. Du erkennst, dass sie nicht beseitigt werden müssen und man trotzdem ein besseres Miteinander schaffen kann, wenn man sie erkennt und dort hilft, wo es essenziell ist. Ich kann es gar nicht wirklich in Worten beschreiben, wie du auf einfache Weise die Herzen der Leute gewinnst, ohne dass du es darauf abzielst. Wie du das Leben der Menschen um dich herum verbesserst, einfach nur, weil du fasziniert von ihrer fremden Art, zu leben bist. Wir sind beide noch Kinder, deren Begabungen wohl weit über das hinausgehen, was die Menschen um uns herum jemals zu begreifen imstande sind. Doch während ich hilflos gefangen in meiner Erziehung erscheine, bist du das leuchtende Beispiel dafür, wie wunderbar diese Welt zu sein scheint.

Manchmal kann ich dich nicht einmal ansehen. Ich konnte mich nicht daran erinnern in meinem Leben jemals geweint zu haben. Doch als wir beide gemeinsam an einem unüberwindbaren Hindernis gescheitert waren, sahst du mich aus deinen strahlenden Augen an. Du hast schon so oft bewiesen, dass das Wort unüberwindbar wohl nur eine Angst darstellt, die tief in meinem Inneren verankert ist. Ich weiß nicht, ob ich dies jemals wirklich akzeptieren kann, auch wenn mir die Verbalisierung gelingt. Allerdings werde ich niemals in der Lage sein, den Blickwinkel so zu verändern, wie es dir ohne Anstrengung gelingt. Deine Wärme war es, die mich in diesem Moment weinen ließ. Natürlich muss ich es vor dir verbergen, es wäre doch auch viel zu peinlich gewesen, dir dies zu offenbaren. Aber in jenem Moment schien es sogar, als leuchtetest du heller als die Sonne. Ich danke dir, mein bester Freund, du hast mich gerettet.

V

Ohnmacht, Verzweiflung, Angst ... Dies sind die Gefühle, die nun in mir vorherrschen. Mein Verstand und meine Instinkte hatten es mir doch immer wieder aufs Neue beschrieben. Es wird eine Situation kommen, in der deine Begabung, diese zu deinen Gunsten zu deuten, nicht mehr ausreichen wird. Nachdem wir unzählige Male Gefahren gemeistert hatten, die eigentlich außerhalb unserer Entwicklung lagen und wir rasant voranschritten, so war nun schließlich die Situation gekommen, aus der es keinen anderen Ausweg als die Flucht gab. Es ist ein Geschöpf aufgetaucht, das wir unmöglich bezwingen konnten. Als ich es sah, war mein Körper wie gelähmt.

Das Erschreckende war, dass es so schnell erschien, dass sogar meine Instinkte versagten. Es gab keine Warnung. In einem Moment schritten wir noch voller Zuversicht und Tatendrang voran, und im nächsten waren wir bereits hoffnungslos verloren. Unser Lehrmeister, der uns mit seinen Fähigkeiten so weit voraus war, dass wir ihn mit unseren Augen nur vage ausmachen konnten, war derjenige, den dieses Biest als erstes fokussierte. Er war es auch, der es bemerkte, bevor meine Instinkte mich alarmierten. Durch unsere Unerfahrenheit und Unaufmerksamkeit verlor er bereits beim Auftauchen dieser Bestie entscheidende Vorteile. Nur wenige Sekundenbruchteile, nachdem er uns warnte, war ich erstarrt. Und du, du unerschrockener Junge und mein bester Freund, du konntest nicht akzeptieren, was du vor dir sahst. Du ignoriertest die Urgewalt dieser Bestie. Deine Instinkte machten dich in diesem Moment selbst zu einem Monster. Dein Blick wurde finster, und deine Haare stellten sich zu Berge. Du warst jederzeit bereit, zuzuschlagen, doch dies würde dich zugrunde richten, denn der Kraftunterschied war so gigantisch, dass wir beide nicht einmal dazu in der Lage waren, zu erkennen, in welchen Bereichen des Spektrums sich diese Bestie befand.

Ich vermute, dass unser Lehrmeister dies erkennen konnte, denn trotz der Verletzungen, die er durch das Erscheinen dieses Monsters erlitt, stellte er sich diesem widerwärtigen Wesen zum Kampf. Vielleicht befand er sich aber auch in einer ähnlichen Verfassung wie wir und wollte lediglich, dass wir dazu in der Lage sein würden, aus dieser Situation zu fliehen. Denn dies mussten wir unweigerlich tun, wenn wir nicht alle von diesem Wesen verschlungen werden wollten.

Es war der Ruf meines Lehrmeisters, der mich zu Sinnen brachte. Es brauchte nur einen kurzen Augenblick, und ich war dazu in der Lage, dich, meinen besten Freund, zu betäuben, bevor du dich in dein Unheil stürzen konntest. Ich bin mir dessen bewusst, dass du mir diese Tat womöglich niemals verzeihen können wirst, denn du bist der festen Überzeugung, dass es aus jeder Situation einen Ausweg gibt. Doch in diesem Fall irrst du dich. Diese Bestie war mehr, als wir uns jemals hätten vorstellen können. Und nur durch das Opfer unseres Lehrmeisters war es uns möglich, dem Monster zu entkommen.

Wenn ich ehrlich bin, weiß ich nicht einmal, ob wir es überhaupt dem Opfer unseres Lehrmeisters zu verdanken hatten, oder ob es vielleicht nicht einfach nur das Desinteresse dieses Wesens an uns unbedeutenden Erscheinungen war. Vielleicht waren wir für dieses Wesen nichts Weiteres als Ameisen, auf die es aus Versehen mit seinen Füßen treten könnte, oder die es mit einer ebenso großen Wahrscheinlichkeit unbewusst verschonen würde. Ganz davon abhängig, was der Zufall für uns bereithalten sollte. Im Endeffekt ist dies unerheblich. Ich konnte dich, meinen besten Freund, retten, und das ist, was zählt.

Nun befinden wir uns auf der Flucht. Ich weiß nicht, wie weit mich meine Füße inzwischen getragen haben. Ich befinde mich am Rande der Erschöpfung und muss eine kurze Pause einlegen, bis ich weitere Meilen zwischen uns und diese Bestie bringen kann. Ich denke, wir sind dem Wesen zumindest vorerst entkommen. Ich glaube nicht, dass es ein Interesse daran hat, uns zu folgen, denn sonst wäre es um unsere Leben wohl schon lange geschehen.

So raste ich hier im Schatten eines Baums und sehe die menschlichen Monster, die ausgesandt wurden, um der Bestie in der Wildnis Einhalt zu gebieten und sie davon abzuhalten, einen Fuß in unsere Zivilisation zu setzen.

Jetzt, da ich erkenne, wer hier vor mir steht, bleibt mir nichts anderes übrig, als sie zu warnen. Denn auch wenn sie Menschen mit mir kaum vorstellbarer Macht sind, so sind es dennoch nur Menschen, und keiner von uns wird jemals das Monster bezwingen können, dem gegenüber wir hilflos ausgeliefert waren wie eine winzige Ameise, die versucht, einen Menschen zu Fall zu bringen.

VI

Du hast dich verändert. Nein, wir haben uns verändert. Wir sind immer noch beste Freunde, allerdings kommen diese Worte nicht mehr über deine Lippen. Seit du gesehen hast, was sie mit dem Leichnam unseres Lehrmeisters getan haben, ist deine Leichtigkeit gestorben. Deine strahlenden Augen sind tiefe Höhlen der Finsternis geworden. Dein Verstand ist immer noch nicht gewillt zu akzeptieren, aber dein Herz hat sich verhärtet. Du wirst nun von Rache getrieben. Du suchst nicht mehr nach einem Weg, den die Welt um dich herum nicht wahrzunehmen in der Lage ist, sondern du suchst die Konfrontation. Du willst Rache an der Bestie, deren Macht wir nicht zu erfassen in der Lage waren. Das Wesen, bei dessen Anblick selbst eines der menschlichen Monster, die zur Exekution der Bestie geschickt wurden, dem Wahnsinn verfallen ist. Noch vor wenigen Tagen hätte ich dich davon abgehalten. Doch dies war, bevor sie uns den Leichnam unseres Meisters präsentierten. Nun, da ich deinen Blick sehe und spüre, wie sich dein Inneres verändert, fühle ich Angst in deiner Gegenwart. Ich weiß, dass ich derjenige bin, der dich besänftigen kann, aber ich glaube, dazu werde ich nur solange in der Lage sein, bis du das Wesen findest, dem du deine Rache geschworen hast. Deine Welt ist nun klein. Weder ich noch irgendjemand anderes, dem wir bislang begegnet waren, war dazu in der Lage zu erkennen, was du in der Welt gesehen hast. Doch nun erkennt jeder, welches die Gedanken sind, die dich umtreiben. Dein Blick ist so starr, kalt und von einer tiefen Finsternis durchtränkt, die selbst mir, der aus den Schatten stammt, einen Schauer über den Rücken laufen lässt.

Doch ich werde dich gewähren lassen. Es steht mir nicht zu, mich dir in den Weg zu stellen, und außerdem denke ich nicht, dass dieses Wesen dir nun noch etwas entgegenzusetzen hat. Wie gesagt, wir haben uns verändert.

Ich selbst war gezwungen, meine Ängste zu überwinden, und nun erkenne ich, dass ich diejenigen, die ich als weit über mir vermutet hatte, bereits überwunden habe. Eine alte Freundin hatte mir dies zwar schon erklärt, aber erst, als ich bereit war, meine innersten Instinkte aufzugeben und mich selbst zu verletzten, bemerkte ich den wahren Fluch meiner Familie. Nun bin ich endlich frei, und diese Freiheit ist ein unfassbares Gefühl. Ich glaube, ich kann von Glück sprechen, dass ich es gewohnt bin, in den Schatten zu wandeln, denn sonst würde mich der Größenwahn, der mich unweigerlich befällt, wohl in beinahe ausweglose Schwierigkeiten bringen. So wie ich meine Angst überwunden habe und endlich meinen Kräften und Fähigkeiten freien Lauf lassen kann, so hast auch du etwas überwunden. Du hast deine Freundlichkeit und deinen Respekt, die du allem und jedem unbewusst entgegengebracht hast, hinter dir gelassen. Sie sind in deinem Verlangen nach Rache versunken und werden erst dann wieder hervorkommen, wenn dein Zorn alles niedergestreckt hat, auf was er sich richtet.

Ich möchte nicht ermessen, wie es dir im Anschluss ergehen wird. Ich selbst habe diese Erfahrung noch nie gemacht, aber wenn ich in deine Augen blicke, so fürchte ich mich vor der Leere, die dich befallen wird, wenn alles dies durchgestanden ist. Aber es ist nicht nur das, vor dem ich Angst empfinde. Ich habe Angst vor dem, was du bereit bist, zu opfern. Denn unsere Feinde sind nicht nur diese eine Bestie. Wie sich herausgestellt hat, war diese nur ein Diener des Königs, der der Menschheit den totalen Krieg erklärt hat. Nun weiß ich nicht, wie weit dich deine Rache treiben wird, aber wenn sich dein Zorn auch auf jenen König richtet, so befürchte ich, dass du dich selbst aufgeben müssen wirst, um ihn zu bezwingen. Sollte dies überhaupt im Rahmen deiner Möglichkeiten liegen.

Unsere Ketten sind nun gesprengt, und wir sind frei, unsere Kräfte zu entfalten. Eine Welt von schier grenzenloser Macht und unzähligen Möglichkeiten eröffnet sich uns. Doch unser Fokus liegt lediglich auf der Vernichtung des Feindes.

Ich kann mir kaum noch vorstellen, wie es damals war. Damals, vor wenigen Tagen, als du aus deinem Bett erwachtest und einfach negiert hast, dass unserem Lehrmeister etwas zugestoßen sein könnte. Aus deinem Mund erklangen die Worte so sinnvoll. Deine Zuversicht war so mitreißend, dass ich gar nicht anders konnte, als an deine Vision zu glauben. Als ich dich damals sah, musste ich meine Augen von dir abwenden, so hell erstrahltest du vor mir. Doch heute hast du dich zu einem Werkzeug der Rache degradiert. Aber, egal was kommen mag. Du bist mein bester Freund, und ich stehe an deiner Seite.

VII

Schließlich war er gekommen, der Moment der Abrechnung. Aus dem Untergrund näherten wir uns dem Königreich der Bestien, während der König der Schatten und der Hüter des Lichts aus der Luft heraus die Offensive der Menschheit anführten. Der Hüter des Lichts ist wohl das größte Monster, das die Menschheit jemals hervorgebracht hat. Es gibt niemanden aus unseren Reihen, der sich mit ihm messen könnte. Und dennoch, die rohe Kraft des Dieners des Königs der Bestien übersteigt die seine bereits bei Weitem. Aber wie ich endlich verstanden habe, ist Kraft allein nicht genug, um sich gegenseitig zu übertreffen. Du, mein bester Freund, hast es immer wieder unter Beweis stellen können, und nun standest du neben mir, kurz bevor wir das Schlachtfeld betraten, das unser Leben für immer verändern sollte, sofern wir denn wiederkehren.

Die Schlacht wurde durch meinen Großvater, den König der Schatten, eröffnet. Er war es, der die unzähligen Drachen aus dem Himmel fallen ließ, sodass sie den Palast des Königs der Bestien in Schutt und Asche legen sollten. Die Diener des Königs waren selbstverständlich schockiert, reagierten allerdings überaus reflektiert. Auch wenn es ihre Instinkte waren, die sie leiteten. Der Schutz des Königs hatte oberste Priorität, und so war es kaum verwunderlich, dass sie sowohl versuchten zum Schutz des Königs zu ihm zu gelangen als auch die gefährlichsten Angreifer zu lokalisieren, um diese zu eliminieren. Kein Wunder also, dass jenes Monster, das unseren Lehrmeister ermordete, sich auf den Hüter des Lichts fokussierte, denn die unzähligen Drachen, die auf unsere Feinde regneten, waren weniger gefährliche Ziele als der Mensch im Himmel.

Aber lenken wir den Blick hinfort von dem Geschehen, das sich seiner Zeit im Himmel abspielte. Der Fokus, den mein bester Freund auf seine Rache richtete, intensivierte sich von Sekunde zu Sekunde. Es war eine tiefe Unruhe und Angst, die meine Gefühlswelt ergriff. Ich wusste, dass dies keinen guten Ausgang nehmen würde. Doch wie hätte ich ahnen können, welche Situation sich uns offenbaren sollte, als wir schließlich aus dem Untergrund heraus das Schlachtfeld betraten?

Es war, als hätte sich die Welt gedreht. Alles war bizarr und aus der Perspektive der Individuen unerklärlich. Der Hüter des Lichts und der König der Schatten unterbrachen ihre Aufgabe und zollten dem König der Bestien Respekt, als dieser inmitten des Schlachtfelds Menschlichkeit offenbarte. Die Barmherzigkeit des Königs der Bestien zerrüttete die Aufmerksamkeit der menschlichen Monster nur für einen Moment, und trotzdem sollte dieser kurze Augenblick ausreichen, damit der König der Bestien imstande war, das Schlachtfeld zu verlagern. Während er sich auf die Künste seines treuen Dieners verließ, dass diese jenen Menschen retten würde, den der König in sein Herz geschlossen hatte, konnte mein bester Freund die Situation nicht mehr ertragen.

Die Menschlichkeit der Monster, die Treue und Barmherzigkeit, die sie offenbarten, ließen seinen zerrütteten Verstand dem Wahnsinn anheimfallen. Seine Emotionen kollabierten. Derjenige, der einst mit klarer Unschuld die Welt zu betrachten imstande war, scheiterte an seiner neu gewonnenen Moralität. Die Brutalität der Monster offenbarte sich als Respekt, der Größenwahn als Liebe, und Herrschsucht als Gerechtigkeit. Dies waren wohl einige der tiefgreifendsten Wahrheiten, die uns jemals offenbart werden würden. Und einen Menschen mit klarem Verstand könnte dies bereits überfordern. Unsere Moralität ist lediglich ein Schutzmechanismus, der uns davon abhalten soll, zu erkennen, um welche Art von Monstern es sich bei uns handelt. Wir deuten die Welt um, sodass wir als die Guten erscheinen, und jeder Mensch versucht so, sein Handeln zu rechtfertigen. Doch wenn wir erkennen, dass die bösen Monster, die wir bekämpfen, in Wirklichkeit gerechter sind, als wir es jemals zu sein in der Lage wären, was macht dies aus uns?

Als wir uns kennengelernt hatten, hättest du diese Wahrheiten verkraftet. Du hättest bereits instinktiv geahnt, dass die Welt auf diese Art und Weise beschaffen ist. Denn nichts anderes hast du in deinem Leben unternommen. Du selbst hast die Umstände immer wieder umgedeutet und keine moralische Deutung vorgenommen. Aber du hast diese Fähigkeit verloren. Du hast sie eingetauscht gegen rohe Kraft. Denn du hast dich von etwas Urmenschlichem verleiten lassen. Du brauchtest diese Kraft für deine Rache. Du bist selbst moralisch geworden, um dir diese anzueignen. Doch nun musst du erkennen, dass deine Kraft den Bestien zwar überlegen ist, doch sie dich an Barmherzigkeit überragen.

Ich erzitterte, als ich deine Stimme vernahm, die mich dazu aufforderte, zu gehen. Du wolltest keine

Zeugen für das haben, was vor dir lag. Ich sah den Tod über dir und der Bestie schweben. Er war ein dunkler verzerrter Schatten mit leeren Augen. Es schmerzte mich, dich so zu sehen, mein bester Freund. Ich werde bis zum Ende an deiner Seite sein und dich bei allem unterstützen, was du vorhast, denn du warst es, der mich einst aus den Schatten befreite und ins Licht führte. Und wenn dies bedeutet, dass ich wegsehen muss, damit du deiner Rache freien Lauf lassen kannst, so werde ich dies anerkennen.

Ich weinte, als ich den Raum verließ, in dem die barmherzige treue Bestie nun ihr Ende finden würde. Es waren Tränen der Trauer und des Verlusts. Es war das erste Mal in meinem Leben, dass ich diese schmerzhafte Erfahrung erleben musste. Mitten auf dem Schlachtfeld stand ich nun vollkommen allein und war unfähig, etwas anderes wahrzunehmen als den Schmerz, der sich tief in meine Brust bohrte und meine Sinne vernebelte.

VIII

Endlich bin ich wieder bei Sinnen. Ich habe es geschafft, die Herrschaft über meinen Körper zumindest teilweise zurückzuerlangen. Noch immer kann ich es kaum aushalten und drohe jeden Moment erneut von meinen Emotionen beherrscht zu werden. Doch jetzt ist leider nicht die Zeit, mich unkontrolliert diesen unbekannten Gefühlen zu stellen. Ich werde sie in mir vergraben und mich ihnen widmen, wenn ich eines Tages die Zeit dazu haben sollte, sie zuzulassen. Doch nun muss ich zu dir, denn ich habe entschieden, dich nicht deinem Schicksal zu überlassen.

Ihr habt den Raum verlassen, in dem das Monster ein menschliches Leben rettete. Trotz deines Verlangens nach Rache konntest du also deinen Zorn soweit zügeln, dass du dich dazu entschieden hast, diesen Raum der Barmherzigkeit zu verschonen. Ich hätte es wissen müssen, du bist nicht verloren. Ich hätte es niemals soweit kommen lassen dürfen, dass ich so von meinen Gefühlen überwältigt und dich alleine zurücklassen würde. Es ist noch nicht zu spät. Ich kann dich retten.

Ich spüre deine dunkle Aura und ihre unfassbare Kraft. Ihr könnt nicht mehr weit entfernt sein. Doch etwas an dir ist anders. Es ist nicht nur die Dunkelheit, die Wut, der Zorn, die ich in deiner Präsenz zu spüren in der Lage bin. Dort ist noch etwas anderes. Du hast dich grundlegend verändert, und ich bin noch nicht wirklich dazu in der Lage, zu begreifen, was du dir angetan hast. Wie weit bist du gegangen, um deine Rache zu erhalten? Wozu haben dich deine Verzweiflung und dein Wahnsinn getrieben?

Endlich erreiche ich euch. Ich kann sehen, wie du auf das hilflose Monster einschlägst. Ich hatte gehofft, dass dich die Erfüllung deiner Rache erlösen würde, doch du hast dich selbst bereits so weit auf diesen dunklen Pfad begeben, dass keine Erlösung mehr möglich ist. Du hast dich selbst geopfert, um die Bestie, die unseren Lehrmeister aus Respekt ermordete, vollständig zu vernichten. Dieser Entschluss hat dich so weit zur Unkenntlichkeit getrieben, dass du selbst deinen Körper transformiert hast. Welchen Preis hast du nur bezahlt, um deine Rache zu erhalten? Wie ich in deinen leeren Augen sehen kann, bringt es dir nicht einmal Zufriedenheit.

Du nimmst mich in den Arm und erzählst mir, dass alles gut sein wird. Aber die Trauer in deiner Stimme verrät, dass es kein Zurück mehr gibt. Ich kann nicht glauben, dass ich zu spät bin. Ich habe dich verloren. Du bist mein bester Freund, und nun wirst du verschwinden. Alles, was von dir bleiben wird, wird ein von Zorn zerfressener Körper der Dunkelheit sein. Meine Sinne versagen erneut, und ich falle. Alle Kraft weicht aus meinem Körper. Ich bin unfähig, weitere Gedanken zu fassen. Es wird schwarz ...

IX

Ich erwache aus meinem tiefen Schlaf und befinde mich an einem vollkommen anderen Ort. Alle Freunde, die wir auf unseren bisherigen Abenteuern getroffen haben, sind hier versammelt. Sie haben gewartet und blicken mich an, als ich meine Augen aufschlage. Wo bin ich hier? Ist es ein Krankenhaus? Wie lange habe ich geschlafen? Und weshalb finde ich Freude und Wehmut in den Blicken unserer Freunde? Seit wann bin ich eigentlich so freizügig, und seit wann ist es mir möglich, Menschen so einfach in mein Herz zu schließen und sie als Freunde zu bezeichnen? Und wo bist ...?

Ich schrecke auf und bemerke, dass mich die meisten von ihnen abhalten wollen würden, doch sie verstehen auch, dass dieses Vorhaben sinnlos wäre. Sie zeigen mir den Weg zu dir. Du bist hier, und dein Körper ist immer noch am Leben. Regungslos liegst du dort, und Dunkelheit durchströmt deine gesamte Existenz. Du hast deine Rache erhalten. Doch dies war vollkommen sinnlos. Es hat weder dir Befriedigung bereitet noch unseren Lehrmeister zurückgebracht. Und nun hast du dich in diesen Zustand des irreversiblen Untergangs befördert.

Es hat auch weitere Opfer gegeben. Der Hüter des Lichts musste sein Leben geben, um den König der Bestien hinrichten zu können. Die Lücke, die er hinterlassen wird, wird wohl nicht so leicht wieder zu füllen sein. Er gab unserer Welt schon viel länger Struktur, als wir beide zusammengezählt auf ihr verbracht haben.

Wir haben es geschafft, die ultimative Bedrohung zu beseitigen. Doch wieso bleibt dieses Gefühl der Leere? Nicht nur bei dir und mir, sondern auch bei den anderen. Denn dieses Gefühl kann man ihnen nur allzu deutlich ablesen.

Waren die Bestien wirklich eine Bedrohung für die Menschheit, wie wir dachten? Den Erzählungen nach starb das Mädchen, als es sah, dass der König der Bestien sein Leben gelassen hatte. Ihr Herz war gebrochen. War die Welt, die der König wollte, wirklich eine Gefahr? Hätte sie nicht vielleicht das Leben vieler verbessert und zu einer größeren Gerechtigkeit geführt, als wir sie heute vorfinden? Waren seine Ideale vielleicht nur ein Problem für die bestehende Ordnung? Doch wen interessiert die bestehende Ordnung, wenn durch ihren Bruch eine gerechtere Welt geschaffen werden kann? Haben wir die Ordnung nicht eigentlich geschaffen, um uns ein besseres Leben zu ermöglichen? Hätten wir das Monster also einfach walten lassen, hätte es uns so eine bessere Welt beschert? War dies tatsächlich der Fall? Wieso musste alles dies geschehen? Waren unser ganzes Handeln und unsere Opfer sinnlos? ...

Ich glaube, ich bin ein Idiot. Was tue ich hier? Dein Körper liegt hier und wird von finsterer Dunkelheit zerfressen ..., und was tue ich? Ich moralisiere. Dabei hattest du mir doch unzählige Male aufgezeigt, dass dies keine Situationen löst. Du selbst warst einst frei von Moral, und alleine dadurch konntest du einen neuen Blick auf die Welt erlangen. Dir war es möglich, eine Faszination für Dinge zu entwickeln, die jeder andere als Gefahr, als Bösartigkeit, als Hindernis verstanden hätte. Doch dein Blick auf die Welt war unbekümmert. Die Perspektive war dir gleich, dich interessierte nur, ob du dich entwickeln konntest und ob es ein Szenario gab, das du zu deinen Gunsten umdeuten könntest.

Du warst es, der deinen Feinden größten Respekt entgegenbrachte. Du warst fasziniert davon, wie sie dich zu übertreffen versuchten, und niemand konnte die Freude übersehen, wenn du aufgrund einer Idee deines Feindes unterzugehen drohtest. Deshalb wurdest du von allen Leuten, denen du begegnetest, geschätzt, verehrt, gefürchtet, bewundert und begehrt. Du selbst hattest diesen Blick letzten Endes verloren, und niemand außer dir ist dazu in der Lage, die Situationen so erfassen, wie du es unternommen hast. Doch es bleibt mir eine Sache. Ich kann es jetzt erkennen, und zwar einzig und allein dank dir.

Dein Zustand ist irreversibel, dein Körper ist dabei, sich aufgrund der Macht, die du entfesseltest, selbst zu zersetzen. Du wirst aus dieser Welt verschwinden. Alles dies sind Tatsachen, die ich aufzähle, und in ihnen hallt meine Verzweiflung und Trauer wider. Doch auch in dieser Beschreibung verwende ich Maßstäbe, derer ich mir nicht bewusst war. Ich kann sie zwar nicht verbalisieren, doch dies ist nicht nötig. Du hast mir gezeigt, dass es Zeiten für Worte und Zeiten für Taten gibt. Du hast mir gezeigt, dass eine Situation, die nicht zu gewinnen ist, noch lange nicht verloren ist. Du hast unzählige Male den Sieg davongetragen, als die Situation nicht nur hoffnungslos schien, sondern sogar war. Ich war so sehr von der Sinnlosigkeit deines Untergangs und des Kampfes gegen die Bestien abgelenkt, dass ich das Wesentliche vollkommen übersehen habe. Natürlich bist du das Symbol für diese vielleicht sinnlosen Geschehnisse. Doch diese sind nicht gut oder schlecht. Dein Hass hat die Dunkelheit geschürt, die dich nun zersetzt. Aber jede Wahrheit besteht immer nur aus einer bestimmten Perspektive. Geschichten klingen aus dem Mund verschiedener Erzähler vollkommen anders. Doch manchmal muss man nicht einmal den Erzähler ersetzen, um die gleiche Geschichte vollkommen anders wirken zu lassen. Bestimmte Ereignisse anders betont, eine bestimmte Sache erwähnt oder nicht, oder auch ein anderes Publikum, das unterschiedlich auf die erzählten Details reagiert, die Stimme des Erzählers, oder der emotionale Zustand, in dem er oder sein Publikum sich befindet.

Alles dies verändert eine Geschichte, und vielleicht wird Licht zu Dunkelheit oder Dunkelheit zu Licht. Am Ende müssen wir anerkennen, dass diese Extreme unabhängig von einem Erzähler nicht existieren. Das Grau der Wirklichkeit, aus dem heraus sich Erzählungen bilden, ist so viel tiefer, als jede Geschichte, die sich in unseren Gedanken manifestiert.

Es ist also ganz einfach. Ich entlasse dich aus dem Zustand zersetzender Finsternis und führe dich ins Licht. Nein, das ist gar nicht nötig, denn du selbst bist das Licht. Du bist schon immer mein Licht gewesen. Denn du bist mein bester Freund.

Ein verlorenes Leben

Größenwahn

Ich weiß nicht, welches Gefühl es genau war, das ich hätte verspüren sollen, als ich an jenen Ort zurückkehrte, der mein vergangenes Leben beherbergte. Unwillkürlich bewegte sich meine Hand an jene Stelle, an der wohl einst mein Herz geschlagen hatte. Es war lächerlich.

Alles dies lag soweit zurück. Das, was mich hervorbrachte, war bereits in tiefer Vergessenheit. Niemand erinnerte sich mehr an die Dinge, die zu jener Zeit passiert sein mussten. Heute bin ich eine vollkommen erneuerte Existenz. Eine bessere Existenz, um genau zu sein. Gefühle sind mir heutzutage so fern wie das Herz, das einst in meiner Brust geschlagen hat.

Und doch lag etwas Besonderes an diesem Ort. Ich betrachtete diejenigen, die sich in ihren gewöhnlichen Leben bemühten. Sie erschienen mir klein und nichtig. Sie waren meiner Existenz unwürdig. Ich verstand nicht, aus welchem Grund ich ausgesandt wurde, um eines dieser Leben aus seiner Bedeutungslosigkeit herauszureißen. Versteht mich nicht falsch, ich verstand sehr wohl, weshalb ich diese Aufgabe erledigen sollte. Allerdings war mir nicht klar, weshalb die Notwendigkeit bestehen sollte. Wenn ich das Resultat betrachte, welches aus diesem Vorgehen letztlich resultierte, erscheint es mir umso unwirklicher und absurder. Wer hätte gedacht, dass es überhaupt zu irgendeiner Art von Änderung führen würde.

Auch hier solltet ihr mich nicht falsch verstehen. Mir war bewusst, dass mein Erscheinen an jenem Ort die dort verweilenden Existenzen in Aufruhr versetzen würde. Jene Seelen, die meinem Begleiter nicht unmittelbar zum Opfer fielen, stellten sich uns in einer ihnen nicht bewussten Aussichtslosigkeit. Da ich selbst Besseres zu tun hatte, überließ ich sie dem zornigen Größenwahn, der zwar vollkommen ungeeignet war, aber trotzdem die Mission unterstützen sollte. Während ein paar gezielte Worte abseits der Tobenden meinen Auftrag schnell zum Abschluss brachten, blamierte sich der Irre und offenbarte eine Ungeschicktheit und Schwächen, die ich ihm nicht zugetraut hätte. Ich entschied mich dennoch, ihn aus seiner Misere zu befreien und die Objekte seiner Rache für einen späteren Zeitpunkt zu konservieren. Sollte er doch tun, was seiner Natur entsprach. Mir war es vollkommen gleich. Zu jenem Zeitpunkt lag mir nur daran, die schwarze Sonne zu befrieden, die vor nicht allzu langer Zeit in mein Leben getreten war. Dieses Wesen, das alles Sein auf den Kopf zu stellen schien, war es allem Anschein nach wert, dass ich ihm vorerst bedingte Gefolgschaft leistete.

Es war schon seltsam, wozu er fähig war. Er sammelte diejenigen, die waren wie ich. Auch wenn keiner von ihnen im Ansatz zu verstehen schien, wer ich war. Der Interessanteste unter ihnen war die Einsamkeit. In seiner Verzweiflung verminderte er sein eigenes Selbst, um zu einem Zweiten zu werden. Interessant und doch vollkommen unsinnig. Es schien von Vorteil zu sein, ein schwarzes klaffendes Loch in seiner Brust zu haben. Eine solche Idiotie würde mir niemals in den Sinn kommen.

Aber lasst uns wieder an jenen Ort zurückkehren, an dem unser aller Existenzen einst begannen. Selbst rückblickend kann ich nicht verstehen, wie dies so vieles verändert hat. Ich evaluierte die Situation und jene zerbrechlichen Gestalten, die hilflos zu mir aufsahen. Keine von ihnen stellte auch nur im Geringsten eine Gefahr dar. Einige drohten sogar, an ihrer eigenen Bedeutungslosigkeit von ganz alleine zugrunde zu gehen. Es war absolut nichts, was meiner Aufmerksamkeit wert gewesen wäre. Meine Reise schien eine vollkommene Verschwendung zu sein. Und doch sollte sich alles ganz anders entwickeln, als ich es damals geplant hatte.

Mir war bewusst, dass die minderen Lebewesen töricht sind. Und doch schienen sie mir in ihrer Zerbrechlichkeit zu unbeständig, um an jenem festzuhalten, was ich ihnen an jenem Tag entriss. Ich ging davon aus, dass ich jenes Band zwischen ihnen restlos zertrennt hätte. Aus welchem Grund sollten sie diejenige suchen, die sie verraten hatte, wenn sie doch wussten, dass ihnen auf ihrer Suche das unvermeidliche Ende ihrer Existenz begegnen würde.

Ich frage mich, ob es wahr ist, was mir jene minderwertige Seele immer und immer wieder erzählte. Es gibt hier nur zwei Optionen. Die erste würde erklären, weshalb ich die Situation niemals richtig einschätzen konnte. Denn mir fehlte, was der Grund für das Handeln der Minderwertigen nach Aussage eben jenes Mitglieds dieser Gruppe war. Aber um ehrlich zu sein, erachte ich diesen Erklärungsversuch, auch wenn die Praxis diesen zu bestätigen scheint, als unwahrscheinlich. Es klingt mehr nach dem Traum eines Wahnsinnigen, der sich etwas ausdenken muss, um seine Unbedeutsamkeit zu rechtfertigen. Ich denke eher, dass es eine Lüge ist, die entweder mich in die Irre führen oder dazu dienen soll, sich selbst auf eben jene geschilderte Art aus genannten Motiven zu belügen.

Ist es nicht seltsam, wie selbst mein Verstand im Rückblick gefangen zu sein scheint und nicht aus den Denkmustern jener Zeit ausbrechen kann? Ich kann aus der damaligen Überzeugung nicht heraustreten, auch wenn ich schon lange verstanden habe, dass mein Verständnis der eigenen Überlegenheit nicht erklärt hat, was mir zu fehlen scheint.

Die Situation hat sich geändert, und es sind die letzten Momente, die mir bleiben, um eben jenes zu erfassen. Wieder einmal frage ich mich, was ich fühlen soll. Nein, nicht wieder einmal. Es hat sich wirklich viel geändert.

Stärke

Es war gekommen, wie es die dunkle Sonne prophezeit hatte. Von jenem Ort, aus dem sie heraus in unsere Mitte trat, kamen die Quellen hellen Lichts, um jene zu verteidigen, die zu existieren keinen Wert besaßen. Das Schauspiel, das sich dort bot, war zugleich absurd und belustigend. Ich verstehe bis heute nicht, weshalb es in der Natur des Lichts liegt, jene zu beschützen, die keinen Wert besitzen. Würde es sich nicht selbst diese unsinnige Bürde auferlegen, so könnte es gegen uns, die aus der ewigen Finsternis heranrücken, bestehen. Aber auf diese Art ist das Ende bereits geschrieben. Selbst jetzt, da ich mich in meiner unsinnigen Situation befinde, bin ich der festen Überzeugung, dass es keinen Unterschied machen wird, was bei mir geschehen ist. Selbst wenn die meinen scheitern sollten, und dies erachte ich als höchst unwahrscheinlich, so wäre es in letzter Instanz die dunkle Sonne, nach der sich jede Existenz zu richten hat. Sie wird ihr Ziel erreichen und die Absurdität, die in der Welt des Lichts geschaffen wurde, endgültig zu ihrem Ende führen. Sie ganz allein ist der Führer der Wesen der Finsternis, aus der ich entstamme. Sie ist die ultimative Existenz, die aus der Welt des Lichts heraustrat, um dem Sein seine verdiente Form zu verleihen. Selbst als wir an jenem Tag einige unserer Diener aussandten, um zu testen, wie das Licht die Hoffnungslosen verteidigen würde, und sich jener Unbedeutende, der mir heute gegenübersteht, als in der Metamorphose befindlich offenbarte, hatte ich keinen Zweifel an unserem unbedingten und vernichtenden Sieg.

Unsere Diener entstammten dem Gefolge der Stärke. Aus diesem Grund befand sich wohl jener von uns, den ich am wenigsten verstehen konnte, unter ihnen. Er war laut und besessen von Idealen, die in der Finsternis keinen Platz fanden. Und doch ähnelte seine Dunkelheit der meinen. Ich betrachtete die Ereignisse, und entgegen meiner Erwartungen musste ich erneut eingreifen. Nachdem der größenwahnsinnige Irre bereits einem der Bedeutungslosen unterlegen war, so wiederholte sich jenes Ereignis nun für die Stärke. Während der Unbedeutende in den Zustand der Metamorphose trat, um sich unserer Existenz zu nähern, verlor er vollständig den Verstand und hätte den unseren beinahe zugrunde gerichtet. Erneut intervenierte ich und überließ jenes Objekt, das bereits einmal Unruhe in unsere Reihen gebracht hatte, seiner eigenen Vernichtung. Seine Seele besaß nicht das Potenzial, um in der Finsternis zu bestehen. Früher oder später würde es zersplittern.

Die schwarze Sonne fragte mich, wie ich mir dessen so sicher sein könnte. Was würde passieren, wenn er nicht zersplittern, sondern in der Dunkelheit erblühen würde? Ich fragte mich, weshalb der Mittelpunkt aller Macht mir eine solch unbedeutende Frage stellte. Es war selbstverständlich. Würde die Seele des Unbedeutenden in der Dunkelheit erblühen und zu einem der unseren werden, so würde ich seine Existenz beenden, sofern dies überhaupt von Bedeutung wäre. Ich hatte sein Potenzial gesehen, und vielleicht reichte es aus, um die Stärke in die Knie zu zwingen und den Größenwahn zu überraschen. Aber jede Existenz hatte seine natürlichen unüberwindbaren Grenzen. Sollte ich diese Erkenntnis einem Unbedeutenden gewähren müssen, so würde ich dies im Sinne desjenigen tun, der die Struktur der Welt verändern und die Götter von ihrem Thron stoßen wird.

Ich fragte mich, weshalb alles dies von Belang sein sollte. Wenn ich unsere Pläne mit jenem verglich, was uns damals beschäftigte, so ergab alles dies keinen Sinn. Wir intervenierten zwischen bedeutungslosen Seelen, die es nicht einmal wert waren, mit einem meiner Atemzüge verschlungen zu werden. Und doch sollte ich für die Sicherheit einer jener Seelen garantieren, die nicht einmal die Realität zu akzeptieren bereit war. Ich hatte ihr die Hoffnungslosigkeit bereits offenbart, und dennoch verrieten ihre Augen, dass sie ihr unausweichliches Schicksal nicht akzeptieren würde.

Ablehnung ... Wie hatte eine unbedeutende Seele sich nur einer solchen Fähigkeit bemächtigen können? Ihre Ablehnung hatte selbst das Interesse der schwarzen Sonne geweckt. Sie lehnte die Entwicklung jenes Instrumentes ab, das unser Meister schuf, um die Götter stürzen zu können. Sie lehnte die Verletzungen ab, die die Stärke aus dem Kampf mit dem Unbedeutenden davontrug, und sie lehnte ihr Schicksal ab. Mir war alles dies gleich, und doch ahnte ich nicht, zu welchem Ende mich dies führen sollte.

Wenn ich jetzt in ihre Augen blicke, scheint es, als würde sie selbst das schwarze Loch in meiner Brust ablehnen. Sie lehnt es ab, dass ich vergehe.

Wissen

Veränderung und Evolution: Dies waren die beiden Dinge, denen wir, die wir aus der Dunkelheit entstammen, stetig unterworfen waren. Es ist unabdingbar, sich in der Finsternis weiterzuentwickeln. Niemand von uns konnte es sich leisten, sich nicht über andere zu erheben, zu triumphieren, zu konsumieren und schließlich in unserer neuen Existenz endgültig die Berechtigung zu finden, den ewigen Verfall zu stoppen. Millionen von Seelen sind uns in unserem Kampf zum Opfer gefallen, wir haben sie besiegt und absorbiert, sodass sie schließlich in unserer Vollkommenheit erstrahlen. Nur einer aus unserer Mitte war noch immer der stetigen Veränderung unterworfen. Dies wirft unmittelbar die Frage auf, ob die unsere Existenz tatsächlich jene ist, die der Perfektion ewiger Finsternis am nächsten kommt. Vielleicht sind wir es aber auch, die zu bequem wurden, da wir dem Kreislauf des Verfalls entkommen sind und die trügerische Gewissheit besitzen, dass es nichts gibt, das sich mit der unseren Existenz messen kann. Oder der stetig Wandelbare wurde schlichtweg überschätzt. Das Ende, das er durch den Stolz des Lichts nahm, würde diese These bestätigen.

Es ist seltsam, dass mich nun diese Gedanken ereilen. Ich dachte, dass es nur jenen, denen es an Kraft mangelte, nach wahrer Erkenntnis verlangt. Der Schwächste aus unserer Mitte konnte seinen Rang lediglich erringen, da sein Forschungsgeist Erkenntnisse lieferte, die der dunklen Sonne von Nutzen waren. Er kam mir seit jeher wie ein Insekt vor, das die Dunkelheit überlistete und somit in die Gefilde der Ewigkeit eindrang, die ihm eigentlich nicht zustanden. Aber ich akzeptiere ihn. Ich ließ das Insekt sogar gewähren, als es begann, die ihm Überlegenen zu erforschen. Vielleicht hätte eines Tages der Moment kommen können, an dem er der dunklen Sonnen einen wahren Dienst hätte erweisen können. Ich sollte die Dienste aber nicht schmälern, die er bereits geleistet hat. Trotz seines Widerwillens hatte das Wissen die Kraft des Größenwahns wiederhegestellt. Immerhin konnte er Einfluss auf jene nehmen, die der seinen Existenz bei weitem überlegen waren.

Doch scheiterte er daran, jenen Unwürdigen zu stoppen, der erschien, um vollkommen überwältigt und hoffnungslos seine Freunde zu verteidigen. Ich weiß nicht, wie das Wissen daran scheitern konnte, etwas zu stoppen, dass beim bloßen Anblick meiner Existenz bereits zu zerbrechen drohte. War es die Neugier, die es ihm untersagte, zu beenden, was ihm hätte ein Leichtes sein sollen? Es ist mir bewusst, dass der Unbedeutende niemals allein das Wissen hätte in die Knie zwingen können. Aber wie genau soll ich es bewerten, dass er nun immer noch hier steht? An der Seite derjenigen, die niemals hätte unser Reich betreten sollen. An der Seite derjenigen, die die Realität ablehnt. An der Seite desjenigen, der die Kraft der Finsternis in sich erweckte, um zu schützen. An der Seite desjenigen, der seine Metamorphose zu kontrollieren nicht imstande war, den Tod verweigerte und zu etwas emporstieg, das ich nicht vorausgesehen hatte.

Hatte es unserer Seite etwas gebracht, dass das Wissen analysierte, was dieser unbedeutende Wurm an der Seite der anderen nicht Relevanten war? Ich denke, es war zwecklos. Es war unbedeutend, eine Verschwendung seiner Existenz, die nun ihr gerechtfertigtes Ende gefunden hatte.

Immerhin konnte das Wissen die Zeit schinden, die die dunkle Sonne dazu nutzte, das Licht in eine Falle zu locken. Im Endeffekt glaube ich zwar, dass es vollkommen gleichgültig ist, ob die Noblen und von unzähligen Bürden und Idealen Beschränkten aus der entscheidenden Schlacht entfernt werden, aber mit Sicherheit beschleunigt es den Vorgang, sodass der Sturz der Götter nicht unnötig hinausgezögert werden wird.

Aber so sehr ich auch auf das Wissen hinabsehe, so komme ich nicht umhin zuzugeben, dass seine unnütze Eigenschaft nun auch mich infiziert zu haben scheint.

Während mich diese traurigen Augen ansehen, erscheinen mir Fragen und Gedanken, von denen ich nie zuvor für möglich erachtet hätte, dass sie mich befallen könnten. Diese traurigen Augen ... Die Trauer sollte in ihnen erscheinen, weil ich alles zerstört habe, was sie in ihrem Leben als wertvoll erachtet haben. Doch es scheint, als wäre ich gescheitert. Es ist wirklich lächerlich, aber diese Trauer gilt mir.

Gier

Die Unbedeutenden waren in das Schloss der Finsternis vorgedrungen, um diejenige zu retten, die die Realität abzulehnen imstande war. Es war grotesk. Sie hatten sich in demjenigen Maße entwickelt, das ich als ihr Maximum vorausgesehen hatte. Im Vergleich zu mir waren sie noch immer bedeutungslose Insekten, aber es war ihnen möglich, die früheren Herrscher dieser Welt zu beseitigen, die wir als unsere Diener dasjenige beschützen ließen, was sie einst kontrolliert hatten. Machthungrig ihre alte Position zurückzuerlangen, mächtig und im Drang, sich vor der schwarzen Sonne zu beweisen, schienen sie das ideale Personal zu sein. Doch es schien, als würden die Unbedeutenden an Bedeutung gewinnen. Die früheren Herrscher dieser Welt waren lediglich antiquiertes Schutzpersonal, und doch waren sie wie wir.

Bevor die Eindringlinge noch mehr Ärger verursachen könnten, beschloss ich also, sie endgültig zu zerquetschen.

Als erstes würde derjenige mit seinem kümmerlichen Leben bezahlen, der im vordersten Interesse der schwarzen Sonne gestanden hatte. Als ich ihn traf, wurde das Groteske in den Komparativ erhoben. Er beschützte ein Wesen der Dunkelheit, das seine Form verloren hatte, obgleich es in seiner vorherigen Gestalt eine Kraft besaß, die den meinen ebenbürtig war. Es lag an mir, diese Schandflecke aus unserer Welt zu tilgen. Ich nahm sein Herz und sah zu, wie sein Leben versiegte, während ich mich der kümmerlichen Gestalt widmete, die er zu beschützen versuchte.

Doch ich wurde in meinem Tun unterbrochen. Die Stärke intervenierte und war dazu in der Lage, mich temporär zu verbannen. So war ich dazu gezwungen, als Zuschauer degradiert das Scheitern desjenigen zu beobachten, der mir seit jeher Unbehagen bereitet hatte. Er entriss diejenige, die die Realität ablehnte, aus meinem Gefängnis, und diese lehnte meine Taten ab, sodass der Unbedeutende vollkommen wiederhergestellt denjenigen besiegte, der mich verbannt hatte. Es war lächerlich. Alles, was dort geschah, besaß keinerlei Bedeutung, wenn man es mit unserem Vorhaben verglich. Und obwohl es nur ein Tropfen auf den heißen Stein der Wüste war, so gelang es mir nicht, ihn niederzubrennen. Wie hatte dieser Tropfen all die Zeit in dieser Hitze überleben können? Wie hatte es sein können, dass er selbst dann noch nicht erloschen war, als ich meinen Flammenwerfer auf ihn richtete?

Eine Absurdität folgte der nächsten. Die Gier betrat das Geschehen und löschte die Existenz der Stärke aus. Etwas, wozu der Unbedeutende nicht imstande gewesen war. Er und die Stärke teilten wohl wirklich dumme Ideale von Tugenden. Kein Wunder, dass er mir immer Unbehagen bereitet hatte.

Ich dachte damals, dass es in Ordnung wäre, wenn die Gier das vollendete, was ich begonnen hatte. Doch dann erlangte das kümmerliche Wesen seine ursprüngliche Gestalt zurück und beschütze nun den Unbedeutenden, der zuvor ihr Leben bewahrt hatte. Es war ein heilloses Durcheinander. Vor allem, wenn man betrachtete, welche Beziehung dieses kümmerliche Wesen zur Gier pflegte. Es war ihre Position, nach der die Gier einst getrachtet hatte. Die Gier war ihr zwar näher gekommen, doch sie zu erreichen lag in der neuen Zeit selbst außerhalb meiner Möglichkeiten. So nah an die dunkle Sonne zu fliegen, würde meine Flügel verbrennen. Die Gier würde ihr Ziel niemals erreichen können.

Doch auch wenn das kümmerliche Wesen seine alte Gestalt zurückerlangte, so war es nur von kurzer Dauer. Außerdem musste sie einsehen, dass die Hierarchie des Schlosses der Finsternis einem grundsätzlichen Wandel unterworfen war. Die Gier hätte ihr Vorhaben also umsetzen können und sich um das kümmern können, wovon ich abgehalten wurde. Hätte es nicht zu viel Zeit gekostet, sich durch die unzähligen Wirren des sinnlosen Widerstandes zu durchzuringen.

Doch nun betraten die Kämpfer des Lichts die Bühne, und die Gier konnte sich einer Macht nicht widersetzen, deren Lächerlichkeit lediglich von seiner Kraft übertroffen wurde. Das Licht hatte uns tatsächlich seine stärksten Kämpfer geschickt. Alles lief also exakt nach dem Plan der schwarzen Sonne. Auch wenn ich sein Vorhaben niemals in Zweifel gezogen hätte, so scheint es doch so, als wären mir einige Parameter unserer Situation vor mir verborgen gewesen. Ich hätte nicht gedacht, dass das Licht eine solche Macht aussendet, um diejenige zurückzuerobern, die die Realität abzulehnen imstande ist.

Und doch war es so gekommen. Der Plan der schwarzen Sonne wirkte beeindruckender, als es meine Berechnungen ergeben hatten. Es war an der Zeit, für denjenigen, den wir mehr verehren als unsere eigene Existenz, den Nebenschauplatz zu verlassen, um die Welt nach seinem Willen zu gestalten und die Götter zu stürzen.

So konnte ich endlich meine temporäre Verbannung lösen und an seiner statt das Schloss der Finsternis verwalten. Es war endlich an der Zeit, die Insekten und die Krieger des Lichts, die in unsere Residenz eingedrungen waren, zu vernichten. Unser Herrschaftssitz wurde bereits zu lange durch die Unbedeutenden beschmutzt.

Als hätte ich erahnen können, zu welchem Ende dies schließlich geführt hat. Es ist ein Nebenschauplatz. Meine Existenz erlischt hier in der Bedeutungslosigkeit, aus der sie einmal entsprungen war. Und obwohl die Spieler dieser Nebenhandlung triumphierend jubeln sollten, da sie geschafft hatten, was nicht nur unmöglich schien, sondern sogar einfach nicht geschehen sein kann, sehen sie mit Unzufriedenheit und Traurigkeit auf mich herab, wie ich sie einfach nicht verstehen kann. Wären sie wenigstens ungläubig, würde das immerhin Sinn ergeben.

In meinem Inneren muss ich lachen. Ich weiß zwar nicht, warum, aber vielleicht ist es wirklich so, dass ich beginne, diejenigen zu verstehen, deren Bedeutungslosigkeit ich nun in der Lage bin zu übertreffen.

Leere

Das wohl absurdeste an dieser gesamten Situation sind die Gedanken, die mir in dieser Situation durch den Kopf schießen. Wie ein Orkan versetzen sie mein Innerstes in Aufruhr, und es verwundert mich, dass ich in diesem Chaos meine Vergangenheit so glasklar erfassen kann. Ich bin wohl das Einzige, was diesem Durcheinander gegenübersteht, und auch der Einzige, der erkennen kann, was die Bedeutung von all dem ist. Allerdings kann ich nur die Struktur der Oberfläche erkennen. Ich kann nicht eindringen in das, was geschehen ist und geschehen wird.

Diese grotesken Würmer sind zu etwas geworden, an dem ich nun, in meinen letzten Momenten, beginne, Interesse zu zeigen. Nicht alle, aber einige von ihnen, sind um mich herum versammelt. Einer, um Zeit zu erkaufen und mich abzulenken. Eine, um über den Verlust zu trauern, die sie für kurze Zeit erlitten hatte. Einer, um mich zu töten.

Wie konnte dies geschehen? Ich tötete den, der durch die Mutation seine maximale Kraft entfaltet hatte. Diesmal tat ich es endgültig. Ich raubte ihm sein Herz und hinterließ ein schwarzes Loch, das gefüllt war mit meiner ureigensten Finsternis. Diejenige, die die Realität ablehnte, konnte sein Schicksal nicht ändern, denn sie konnte nicht begreifen, was sie hätte ablehnen sollen. Und wer, wenn nicht diese Frau, hätte ihre Liebe retten sollen?

Habe ich soeben wirklich an das Wort Liebe gedacht und einen Sinn darin erkannt? Was ist mit mir geschehen? Ist es wahr, was diese Frau gesagt hat? Unsere Herzen sind verbunden ... Wir können sie nicht sehen, und dort, wo das Herz eines Menschen schlagen sollte, befindet sich bei mir lediglich ein schwarzes Loch gähnender Finsternis. Was ist es, das uns verbindet? Was ist es, das mich so weit zu diesen Würmern gebracht hat, dass ich auf einmal verstehen kann, was dort geschieht?

Die Frau hatte nach ihrer Liebe gerufen, und sie musste nichts anderes tun. Die Tränen und die Verzweiflung riefen dasjenige herbei, was es in dieser Situation gebraucht hatte. Es war ihre einzige Hoffnung, und es war weit von dem entfernt, was ich mir hätte vorstellen können. Ich muss mir eingestehen, dass ich der gewaltigen Kraft, die dieser Hybrid hervorbrachte, nicht gewachsen war. Ich entfesselte meine ultimative Gestalt, um Verzweiflung zu sähen, doch dies führte zu ihrem Sieg. Und niemand der Anwesenden begriff wirklich, wie dies hatte geschehen können. Der Hybrid hatte seinen Verstand kurzzeitig verloren, die Frau war von der Finsternis überwältigt, die ihre Liebe ausstrahlte, und hatte Angst vor dem, zu dem sie so große Gefühle hegte. Die Ablenkung war mit der Situation ohnehin überfordert, seitdem er meine Aura das erste Mal gespürt hatte. Auch obwohl, oder wahrscheinlich gerade weil er die Situation am besten verstehen konnte. Er hatte als einziger von ihnen die Ausweglosigkeit begriffen, in der sie sich befanden. Und doch hält diese Episode ein glückliches Ende für sie bereit.

Ich bin mir weiterhin sicher, dass sie der schwarzen Sonne unterliegen werden, auch wenn meine Sicherheit in allem anderen verschwunden ist. Es ist, als würde ich zu einem menschlichen Kind werden. Ihre

Gefühle haben mich erreicht und in mir etwas verändert, das ich niemals zuvor gedacht hätte, werden zu können.

Könnte ich meine Gestalt behalten, würde ich einen anderen Weg einschlagen. Sie haben mich von etwas überzeugt, das weder Sinn noch Gehalt hatte. Und ich würde ganz am Anfang einer neuen Reise stehen.

Aber meine Existenz war verbraucht. Ich begann bereits im ewigen Nichts vergessen zu werden. Mein Körper erlischt unter den Nachwirkungen des Kampfes mit dem Hybriden. Meine Unantastbarkeit war beseitigt worden. Meine unermessliche Regenerationsfähigkeit ist dasjenige, das es mir ermöglicht, diese letzten Momente zu erleben.

Der Hybrid erwacht aus seinem Wahn und lehnt seinen Sieg ab. Er verabscheut seine Tat. Es ist einmal wieder lächerlich, aber ich denke, ich kann nun besser verstehen, aus welchem Grund man Tugenden und Ideale sein Eigen zu nennen bereit ist. Aber die Realität kann er nicht ablehnen. Nicht einmal seine Freundin kann dies, denn auch hier übersteigen die Geschehnisse ihre Vorstellungskraft.

Die Ablenkung scheint die Situation zu analysieren, und als einziger ist ihm ein gewisses Maß an Erleichterung unter dem großen Mantel der Furcht anzumerken, den er im Anblick meiner Vernichtung und des Kontrollverlusts seines Freundes nicht ablegen kann.

Doch diejenige, die die Wirklichkeit abzulehnen imstande ist, ist diejenige, die vielleicht wirklich mein Herz hätte erreichen können. Sie greift nach dem Loch in meiner Brust und versucht es mit ihren Gefühlen zu erwärmen. Doch während sie mir ihre Hand reicht und Tränen in ihre Augen treten, vergehe ich in wenigen Augenblicken.

Auch wenn ich vieles in dieser letzten kurzen Zeit vermeintlich begreifen konnte, so erscheint es mir immer noch unmöglich, dass derjenige, der nach ihrem Leben und dem Leben ihrer Freunde sowie ihrer Liebe trachtete, es wert war, mit Tränen verabschiedet zu werden.

Ich bilde mir ein, die warmen Gefühle zu spüren, mit der sich mich erreichen will. Doch ...

Venus

Ich bin so froh, dass ich es rechtzeitig geschafft habe. Ich habe deinen Ruf gehört, mein kleines Mädchen mit den roten Haaren. Du hast dich tapfer geschlagen. Ich hätte niemals gedacht, dass ein zartes Wesen, wie du es bist, sich all diesen Schwierigkeiten stellen könnte. Dafür verdienst du mehr als nur meinen Respekt. Doch nun hast du genug gekämpft. Es ist Zeit, sich auszuruhen, meine kleine Fee. Du kannst dich etwas erholen und den Rest mir überlassen, auch wenn ich zugeben muss, dass die Schrecken, die dir gegenüberstehen, mir einen Schauer über den Rücken laufen lassen.

Es ist gar nicht so leicht, sich vorzustellen, wie die Welt an ihrem anderen Ende beschaffen ist. Und es hat leider wirklich länger gedauert, als ich es gehofft hätte, an deine Seite zu eilen. Doch nun bin ich hier und sehe die Dämonen, die mit ihren Händen nach dir greifen. Der Gedanke, mir vorzustellen, dass du dich ihnen ganz allein gestellt hast, um jene zu beschützen, die dir lieb sind, erfüllt mich mit tiefstem Respekt. Du hast Unglaubliches geleistet, nicht nur durchzuhalten, sondern voranzuschreiten, Hindernisse einzureißen und schließlich an der unmöglichen Aufgabe zu wachsen. Doch, wie hat eine weise sanfte Stimme einst gesagt: „Es gibt Mauern, die kann man nicht mit Kraft und Wille überwinden." Aus diesem Grund bin ich nun hier bei dir. Es ist keine Schuld, die ich begleichen will, denn ich fühle nicht, dass ich dir etwas schulde. Und dies, obwohl du mir einst in meiner tiefsten Krise als Licht am Ende des schwarzen Tunnels den Ausweg gewiesen hast. Ich möchte lediglich, dass du dich gut fühlst. Ich möchte nun derjenige sein, der dir die große Last abnimmt, die auf deinen Schultern lastet und dich zu Boden zu drücken scheint. Ich bin mir sicher, dass du irgendwie auch alleine weiterhin bestehen würdest. Doch lass mich derjenige sein, der die Schrecken, die sich vor dir befinden und dich verschlingen wollen, nun konfrontiert.

Ich war mir sicher, dass es etwas Unbeschreibliches sein müsse, das dich so sehr erzittern lässt, dass du nach mir rufst. Bin es doch für gewöhnlich ich, der einsam und voller Angst deinen Beistand erbittet. Doch tief in meinem ängstlichen Herzen liegt mein wahres „Ich" verborgen. Dank dir konnte ich die Ruhe finden, um meine Kraft zu bündeln. Und dein Ruf entfesselte die Macht, die tief in mir verborgen lag.

Jetzt bin ich es, der sich deinen Dämonen mit einem Lächeln entgegenstellt. Es ist einer dieser seltenen Momente, in denen ich zeigen kann, wer ich wirklich bin. Es stimmt vielleicht, ich gebe jeden Tag mein Bestes, und obwohl ich immer wieder scheitere, ist das vielleicht auch schon genug. Denn macht dies nicht jeder auf dieser Welt? Wir erschaffen uns unsere Identität und versuchen, diese nach besten Möglichkeiten zu verteidigen. Wir versuchen, uns selbst gegen die unglaublichen Kräfte dieser Welt zu stellen und allein gegen eben jene Welt unsere Gefühle zum Strahlen zu bringen, sodass uns irgendwer sehen und anerkennen kann. Ich bin dir so dankbar, dass du mir Anerkennung geschenkt hast, ohne dass ich hätte viel dafür tun müssen. Dein Lächeln hat mich durch die Dunkelheit geführt. Vielen Dank, dass du mir die Kraft gegeben hast mit meiner Unsicherheit zu leben und zu erkennen, wer ich bin.

Jetzt blicke ich in diese unfassbar grausamen Fratzen, denen du mit deiner Kraft Einhalt geboten hast, und lächle. Mein Lächeln ist allerdings nicht nur, um dich aufzumuntern. Es ist nicht nur dazu da, mir selbst vorzugaukeln, dass schon alles gut werden wird. Mein Lächeln resultiert auch aus dem egoistischen Reiz der Neugier. Ich will mich mit ihnen messen. Ich will ihre Fähigkeiten erkennen und aus ihnen lernen. Ich selbst will wachsen und sehen, bis in welche Höhen ich hinaufschreiten kann, bevor ich den Boden unter den Füßen verliere. Endlich habe ich die Zuversicht gefunden. Denn ich weiß, je höher ich steige, desto tiefer kann ich auch fallen, doch letzten Endes wirst du es sein, der meinen Fall abfangen wird.

Also lass uns sehen, wohin mich meine Fähigkeiten bringen. Ich bin schon ganz aufgeregt und kann es gar nicht erwarten.

www.ingramcontent.com/pod-product-compliance
Lightning Source LLC
LaVergne TN
LVHW092050060526
838201LV00047B/1321